LES
MAÎTRES
DE
COLLECTION
L'AVENTURE

D1369208

LA LONGUE MARCHE DE BENJAMIN

François Sautereau

LA VALLÉE DES ESPRITS

Illustrations de Bruno Pilorget

Éditions de l'Amitié – Hatier

N° d'édition 1024 – ISBN 2-7002-0437-7
ISSN 0293-9363

A FRÉDÉRIQUE

LA NOCE

De mémoire d'adolescent on n'avait jamais connu pareil dégueulis.

Une marée acide de jus de fraise mêlé à des liqueurs et aux relents de grignotin en sauce s'échappant en torrent comme d'une gargouille aux yeux exorbités. La largeur de la table fut trop vite franchie pour que la nappe pût absorber ce gâchis malodorant qui se déversa sur les genoux des convives d'en face.

Quelques fragments de champignons roulèrent entre les assiettes, accompagnés de morceaux de camembert mal digérés et d'une dentelle de salade.

La noce fit silence.

Dans ce silence retentit le dernier hoquet d'un Longo médusé.

Personne n'en aurait jamais voulu à Longo. On l'aimait bien. Quoique renfermé, c'était un garçon gentil et convenable, qui jusque-là n'avait guère fait de bruit, ayant traversé l'enfance sur la pointe des pieds avec ses magnifiques cheveux châtains assez longs pour cacher des oreilles trop longues et trop grandes, dont tout le monde se moquait avec plus ou moins de gentillesse.

Junon la Pédauque, sa mère, découvrant soudain que son fils était l'auteur d'une telle incartade, le saisit par les épaules en vociférant diverses menaces et le jeta hors de la caverne des sœurs Bonté, qui servait d'auberge et où, depuis toujours, se déroulaient les ripailles de la communauté des Providents.

Quelques instants plus tard, Longo achevait l'épanchement de son offrande bilieuse dans l'eau du fleuve, plié en deux par des spasmes péremptoires. Quand il n'eut plus rien dans l'estomac, il se déshabilla, lava sa tenue de fête maculée, la laissa sécher sur le gazon du champ sacré qui bordait l'Espérance, entre deux grands peupliers, sous l'œil mauvais du gardien du Feu Ancestral, Archibald Loquetin, qui se donnait de l'importance en remuant de temps à autre les bûches dans le brasier à quinze mètres de là. Cet homme d'une cinquantaine d'années, aux moustaches grises et arrogantes, avait toujours intimidé le fils de Junon. Son statut de dignitaire religieux lui inspira cette remarque :

– Eh bien ! En voilà une conduite, mon garçon, pour un jour de fête ! Tu ne peux pas aller faire ça plus loin ? Non content de ne jamais apporter du bois au Feu Ancestral, il faut que tu viennes te donner en spectacle ? C'est un lieu sacré, ici, tu ne sais pas ?

Longo, quasiment nu, lui tournait le dos. Il se contenta de hausser les épaules en jetant des cailloux dans le fleuve et resta là, sans un mot, jusqu'à ce que ses habits fussent secs. Alors il s'en revêtit, retourna et, son regard ayant embrassé le village, il quitta la placette et entreprit de se promener dans les ruelles, regrettant déjà sa gourmandise maladroite qui risquait de le priver de deux jours de festin. Les noces riches, à La Providence, durent largement trois jours et on n'en était qu'au premier.

Le village de La Providence, rassemblant un peu plus de trois mille âmes, avait été édifié par de lointains ancêtres sur la rive nord du fleuve

Espérance, dans des cavernes naturelles au pied d'une haute falaise, en terre des Francisques. Des maçons expérimentés, dans un temps reculé, avaient aménagé et clos ces cavités béantes par de somptueuses façades, les transformant en demeures confortables, à l'abri des écarts de température et faciles à défendre en cas d'invasion. On avait en effet connu des heures difficiles au temps des anciens rois, et les querelles entre le Nord et le Sud avaient valu aux Providents des sièges longs et ruineux.

De ces aventures, il ne restait guère que des chansons accompagnant les beuveries, le soir, à l'auberge des sœurs Bonté, et les brigands tels que le Sanguinaire étaient relégués à l'état de souvenirs. C'est pourquoi le village était aujourd'hui plutôt porté vers l'agrément. Il se présentait comme un escalier géant et abondamment fleuri, de cinq rangées de cavernes tapies dans la verdure, coiffées d'autant de terrasses potagères montant en dégradé jusqu'au pied de la muraille abrupte de deux cents mètres.

En comptant à partir de la rive, la première rangée de cavernes habitées n'offrait que des espaces restreints, facilement inondables, et que seules les gens de petite condition avaient osé investir. Longo et sa mère, Junon la Pédauque, étaient de ceux-là.

La communauté des Providents, la principale chez les Francisques en ce temps-là, occupait en outre une dizaine de hameaux éparpillés assez loin en amont de La Providence, sur l'Espérance et l'un de ses affluents.

Dans leur ensemble, et malgré leurs nombreuses divergences, (ils s'étaient répandus sur un bon million de kilomètres carrés), les Francisques étaient un peuple doux, courtois, paisible, serviable, débrouillard, sérieux, présentable, respectueux de ses traditions, appréciant la viande rouge, le jus de grappine, les bons fromages, les fines plaisanteries, la liquefolle (alcool extrait des baies rouges de piquemaline), les briches de pain frais et, quoique sans grande fantaisie, rarement soucieux de son avenir. Ces hommes ne se laissaient conter que des histoires à faire peur, surtout si elles n'avaient aucune chance d'être vraies. Par-dessus tout, ils étaient voués sans limite au culte du Grand Formateur, une divinité qui veillait sur eux avec une sollicitude toute maternelle.

Le Grand Formateur était un œil de trois mètres de diamètre, tout en bronze, posé sur un support lui-même fiché dans une pierre de taille cubique, de quatre mètres cinquante d'arête. Cette statue était érigée au centre d'une place carrée entourée d'une haie de bouleaux, de sapins, de noisetiers et, du côté du fleuve qui la bordait, d'une ligne de tropliers, ces feuillus géants qui se tordaient à la cime et se penchaient comme pour plaindre le pauvre monde. On appelait ce lieu la placette. C'était l'endroit le plus large du village, là où la falaise reculait quelque peu. Dans cet enclos, autour de la statue, un jardin composé de milliers de fleurs recueillait les offrandes sacrées des Providents, qu'ils effectuaient la plupart du temps sous forme de plantations fines, hautement esthétiques car, ne sachant rien de cette divinité, ils en prenaient à tout hasard un soin jaloux.

En outre, dans cette même enceinte, sous la

constante surveillance de gardiens sacrés se relayant sans trêve brûlait le Feu Ancestral, éclairant et réchauffant la divinité qu'il prolongeait en quelque sorte. La légende disait qu'on ne l'avait jamais vu s'éteindre depuis l'arrivée des Providents dans la vallée du fleuve Espérance. On avait su le conserver jour et nuit, en toutes saisons, quel que fût le temps. L'odeur de sa fumée avait toujours imprégné le village, ses caves, ses habitants, leur peau, leurs habits, leurs cheveux, leur chair et leur esprit. Sa flamme baignait perpétuellement la statue qui la dominait, et de loin, la nuit, quand on montait au village par le Sud, on voyait se détacher l'œil comme une étoile rougeâtre posée à la racine de la falaise, se détachant sur la paroi obscure et miroitant dans le fleuve.

Regardant la silhouette de Longo s'inscrire dans la pierre de la falaise, Archibald secoua la tête et grommela une phrase méchante contre la jeunesse qui n'avait rien connu des anciennes invasions ni de la famine, et qui ne savait rien faire d'autre que de se goinfrer et de manquer de respect à la divinité. Il acheva sa diatribe en faisant remarquer que Longo était sans doute le plus bête de tous et que Junon avait bien du mérite à élever un paresseux comme lui.

ENGELBERT

L'estomac de Longo fut torturé jusqu'au soir. L'idée même d'une croûte de briche provoquait en lui un haut-le-cœur. Le fils de Junon traîna donc dans les rues et au bord du fleuve, évitant ce qui de près ou de loin s'apparentait à de la nourriture. D'habitude il rencontrait telle ou telle de ses connaissances parmi lesquelles de jeunes garçons à qui il avait enseigné le tir à la fronde, discipline où il excellait ; Attila Beaujol, César Lu, Bonape Mousselin, Virgile Brossard, Gervais Gervais ; ces gosses à la fin de l'enfance l'admiraient, lui vouaient un culte secret. Mais ce jour-là, la plupart étaient à la noce de Grovelu, entassés dans l'auberge des trois sœurs Bonté.

Il revint donc seul, sur le soir, vers le Feu Ancestral et y jeta une poignée de bois mort sous l'œil à peine reconnaissant d'Archibald. Puis il monta à la caverne d'Engelbert et y attendit l'heure solennelle du conte, qui était une tradition lors d'un mariage.

Comme à son habitude, le vieillard était assis sur une pierre devant sa caverne. Paré des mille et une vertus que l'on attribuait à son grand âge et à son passé mystérieux, il avait en outre revêtu la longue robe bleu nuit du sacerdoce de conteur, sur laquelle tranchait la blancheur d'une longue barbe taillée en pointe. Au milieu de son turban grenat, le diamant dont il ne se séparait jamais brillait de mille feux.

Accroupis à ses pieds, une centaine de paysans de tous les âges, endimanchés dans leurs peaux de chèvrebique ou de rousquin des montagnes, l'écoutaient avec attention. Ils s'étaient rassemblés à la tombée de la nuit autour des jeunes mariés, Césarine et Bourbon Grovelu.

Les Providents étaient des gens simples. Ils buvaient dans un sourire béat les paroles d'Engelbert depuis la petite enfance pour la plupart d'entre eux car cet homme, arrivé soixante ans plus tôt au village troglodyte, leur avait enseigné de nombreuses techniques oubliées dans la nuit des temps, ainsi que l'art de lire et d'écrire. Les contes d'Engelbert étaient tout ce que les Providents connaissaient du Grand Cercle et de son passé.

C'était la fin du mois de mai, et il faisait bon. Le feu craquait dans une douce quiétude et l'odeur de la fumée se mêlait aux senteurs vertes émanant de la montagne. Le vieillard considéra avec bienveillance les visages tournés vers lui et, se raclant la gorge, commença en ces termes :

– Mes amis, puisque vous voici réunis en grand nombre pour cette heureuse fête qui, en quelque sorte, clôture le printemps et annonce une riche moisson, laissez-moi vous conter une vieille légende, la maîtresse-légende comme l'appellent certains, la plus antique, la plus solennelle de toutes, la légende de La Vallée des Esprits. D'aucuns l'ont déjà entendue maintes fois, mais ils aimeront revenir à cette époque lointaine et terrible, où les hommes n'avaient rien à manger.

« Il fut un temps où rien ne poussait encore sur

la Terre. Les hommes n'étaient que des esprits errants. Ils n'avaient rien à manger et se nourrissaient de légendes qui possédaient l'avantage sur nos riches nourritures d'épargner à nos ancêtres quelques vilaines indigestions... »

Tout le monde se tourna vers Longo qui se sentit rougir.

« En ce temps-là, deux déesses gouvernaient le Grand Cercle. L'une s'appelait Altarifa, déesse de la fête, de la joie et de l'amour. L'autre se nommait Altariga, déesse de la jalousie, de la tristesse et de la haine, puisque chaque chose a son contraire.

Quand les légendes furent toutes mangées par les hommes et qu'ils n'eurent plus le moindre récit à déguster, Altarifa, déesse de la fête, sachant que la légende est la semence de toute culture, remplaça les histoires par des légumes et des fruits qu'elle fit pousser du sol, pour le plus grand bonheur des hommes. Ainsi, chaque chose que nous mangeons de nos jours n'est qu'une lointaine légende sous une forme renouvelée. Les hommes découvrirent un autre genre de fête. Noces et ripailles firent leur apparition.

Jalouse, Altariga fit venir sur terre des animaux pour manger ces légumes. Mais voilà que les hommes se jetèrent sur les animaux et en firent leur nourriture. Irritée, Altariga chercha querelle à Altarifa. Les deux déesses se battirent comme des chiffonnières et, roulant, roulant, elles finirent par tomber au fond d'un puits. Là, elles continuèrent à se battre, poussant des cris terribles dont l'écho effrayait les hommes penchés sur la margelle du gouffre. On dit que ces bruits redoutables hantèrent le monde pendant des siècles. C'est pourquoi ce lieu devint la vallée des Esprits. Mais là ne s'arrête pas la légende... »

Comme tous ses pairs, Longo ne connaissait qu'en partie la légende de La Vallée des Esprits : elle était très longue, et il n'avait jamais eu la patience de l'écouter jusqu'au bout. Pourtant, le vieillard évoquait dans son récit des créatures mystérieuses qui hantaient le monde à cette époque, telles que les serrevolants dix fois plus grands et voraces que les aigles avec leurs dents d'acier ; les domusses, tortues plus hautes que les grands arbres de la forêt ; les persifleurs, ces serpents invisibles que l'on ne découvrait qu'après en avoir subi la morsure, quand on était à l'agonie ; et surtout les ogs, ces êtres laids, difformes, qui ressemblaient aux humains, mais plus stupides, plus grands, plus méchants, nés pour la guerre, entraînés à répandre la frayeur et la mort, et c'était ce que Longo appréciait le plus.

Lorsqu'il contait, le vieil homme ne tenait plus compte du temps ; il disparaissait à l'intérieur de sa tête et l'histoire se racontait, seule. La légende de La Vallée des Esprits créait une sorte d'engourdissement délicieux chez ceux qui l'écoutaient, et ils n'arrivaient jamais à découvrir la fin.

Ce jour-là, Longo avait décidé une fois pour toutes de l'entendre jusqu'au bout. Il attendait l'entrée de Benjamin voulant savoir ce que le jeune héros deviendrait après avoir franchi la porte d'or du temple qui abritait le puits.

La voix d'Engelbert se détachait, claire, sur le chuintement du fleuve.

« Or un homme appelé Artifex décida un jour de

descendre dans cette vallée des Esprits pour faire cesser ce pugilat qui troublait la vie de l'espèce humaine. Après de nombreuses épreuves dont il triompha, s'approchant du lieu obscur et sacré, il entendit ce cri terrible :

– Attention, homme ! Ici demeure le secret unique de la fondation du Grand Cercle, qu'un seul être à la fois sur la terre a le droit de connaître !

– J'assume entièrement les conséquences de la divulgation de ce secret ! répondit aussitôt l'homme, car je suis descendu pour faire cesser vos querelles, ô déesses insensées.

D'une certaine façon, il réussit, mais ce ne fut pas pour le bonheur de l'humanité. Au fond du puits, en effet, il rencontra en premier Altariga, déesse de la jalousie, qui le trouva si beau qu'elle prit aussitôt forme humaine et le séduisit pour l'épouser. Avec elle, Artifex remonta du puits. Par amour pour lui, Altariga lui fit don du secret de la fondation du Grand Cercle, que possédaient conjointement les deux déesses, et elle en profita pour déverser sa haine sur la terre, se vengeant ainsi des hommes qui avaient dévoré ses créatures. De son mari Artifex, elle eut sept enfants qui grandirent et devinrent sept nations en conflit perpétuel. De déesse de la jalousie, elle évolua en déesse de la guerre, et c'est pour cette abomination, la guerre, qu'elle est connue aujourd'hui.

Pendant ce temps, Altarifa la pacifique, Altarifa déesse de la fête, était restée au fond du puits, seule, inconsolable.

Artifex, après avoir épousé Altariga, devint le plus important magicien du Grand Cercle. Sur les instances de son épouse et pour sceller définitivement la déesse ennemie, il accepta de construire un temple en forme de pyramide et conçut un dragon pour le défendre, qu'il nomma Olofromidès, roi des démons. Ainsi les hommes furent-ils empêchés de descendre.

Depuis ce jour, la guerre fait rage entre les sept peuples qui constituent le Grand Cercle. La fête n'existe pratiquement plus. Elle n'est qu'un doux moment arraché à l'ennui au prix de dures années de labeur.

Un jour, pourtant, naquit un garçon nommé Benjamin, beau comme un crépuscule, dernier d'une très nombreuse famille. Ayant entendu cette légende, il la trouva si belle qu'il tomba en quelque sorte amoureux de la déesse Altarifa sans l'avoir vue. Il décida de se rendre à la vallée des Esprits, de se mesurer au dragon Olofromidès, et de faire ressurgir la déesse de la fête que les hommes avaient oubliée... »

Déjà Longo bâillait, en lutte contre le sommeil, mais il était fermement décidé à savoir si Benjamin réussirait à trouver la déesse de la fête, après un combat acharné contre Olofromidès qui défendait l'accès du puits de la guerre et de la fête, et surtout il voulait savoir quel était le secret de la fondation du Grand Cercle, qu'un seul homme à la fois avait le droit de connaître.

Hélas, quand il quitta Engelbert, au petit jour, la peau encore hérissée des mille picots de la frayeur, la tête pleine d'aventures et de chants guerriers, il ne savait toujours rien de la fin de l'histoire. Il aurait fallu deux heures de plus et Engelbert s'était assoupi. Longo n'était pas d'humeur à rentrer chez lui. Il dormit quelques heures dans la mousse au bord du fleuve, sous les branches rasantes d'un pleuristène, arbre aux ramures longues, fines, enveloppantes comme une chevelure. Sa mère ne se faisait pas de souci pour lui, car c'était la tradition d'écouter les légendes pendant des jours entiers. Peu avant midi, revenant du fleuve avec une brouette de linge, elle le trouva dans sa cachette.

– Tu vas t'lever, bon d'là ? lui cria-t-elle. On nous attend pour la noce. Faut pas faire languir nos hôtes. C'est pas poli. Lave-toi, mets ces nouveaux habits et prends-en soin ! Et c'te fois-ci, dégueule pas d'vant tout l'monde qu'j'en rougirais jusqu'aux oreilles !

– Je veux pas y aller, M'man. J'ai pas faim !

– Pas b'soin d'avoir faim. Tu mangeras pas, tu r'garderas. T'avais qu'à pas t'gloutonner hier comme çà. En v'là des façons. J'suis bien contente. Ça t'fera les pieds.

C'était déjà le deuxième repas de la noce, et il y en aurait encore un le lendemain. Les Grovelu et les Plantalerte étaient riches.

Longo, mal réveillé, fit ses ablutions dans le fleuve Espérance et rejoignit en maugréant le flot de ses amis et des convives qui s'en allaient, enrubannés, parfumés, chargés de fleurs, vers l'auberge des sœurs Bonté.

L'odeur de friture l'écœura définitivement et son estomac fit une dizaine de nœuds. Au moment d'entrer dans l'auberge, se glissant sur le côté, contre la muraille, le garçon laissa passer sa mère devant lui dans la foule et, feignant d'avoir oublié quelque chose à la maison, prit le chemin de la montagne jusqu'à la caverne d'Engelbert, située assez haut dans la falaise.

Le vieillard, qui vivait seul, s'occupait à écouter des chants d'oiseaux, assis sur le perron de sa demeure.

– Que me veux-tu, fils de Junon ?

Longo arrivait, essoufflé.

– Maître... Merci d'avoir conté cette légende de La Vallée des Esprits. Elle était belle. Mais je suis intrigué.

– Qu'est-ce qui t'intrigue, mon garçon ?

– On n'arrive jamais à en savoir la fin.

Engelbert sourit.

– Il n'y en a pas !

– Pas de fin ? Mais... Est-ce que Benjamin a vaincu ? Il a eu cette déesse ?

– Je n'en sais rien, Longo.

– C'est pas possible, Vénérable ! Toutes les histoires ont une fin.

– Pas forcément.

– Je voudrais bien savoir s'il a réussi. Si seulement j'étais ce Benjamin, Maître !

Engelbert sourit.

– Sois déjà heureux d'être Longo, fils de Junon la Pédauque, répondit-il.

.

UN ENLÈVEMENT

Il devait être dans les quatre heures de l'après-midi. La bouche encore sucrée des dernières friandises, éructant des relents de liqueurs douces et fruitées, deux garçons montaient, riant et chahutant, sur le haut plateau par la sente aux vignes pour se donner un peu d'exercice. Du moins était-ce là le prétexte qu'ils avaient fourni avant de s'échapper de cette noce infernale qui accaparait l'ensemble du village et n'en finissait pas.

Le premier s'appelait Bonaventure Fleurimiche, et il était l'aîné d'une fratrie de huit enfants. C'était un grand garçon sec, à la pomme d'Adam saillante, aux cheveux bruns et ras. Un début de moustache arrogant ornait sa lèvre supérieure.

Le second s'appelait Fulcrand Alcazar. Il était légèrement plus court sur pattes, plus râblé, l'œil vif, et mauvais comme une teigne, ayant eu à se défendre pendant toute son enfance contre quatre frères plus vieux que lui et sans scrupules.

La roche était brûlante sous leurs pieds nus. Grimpant et suant depuis une heure, ils n'avaient gardé pour tout vêtement que leur pantalon d'apparat en poil de chèvrebique. Leur chemise blanche à jabot de dentelle, ils l'avaient nouée en chiffon autour de la ceinture et ils avaient pendu à leur cou leurs chaussures de peau d'outrecorne, plus sensibles que la plante de leurs pieds à la rocaille des hauteurs.

Certains passages étaient difficiles. La falaise surplombait directement le village, de telle sorte que si l'on se penchait un peu trop, on voyait le ruban clair du fleuve Espérance en contrebas. Pour avancer sur ce chemin étroit et sinueux au bord du vide, il fallait souvent s'aider de ses mains. Le grand Fleurimiche, qui jouait toujours les chefs, allait devant, et Alcazar suivait.

Longo, après avoir quitté Engelbert, n'avait pas rejoint la noce. Il errait comme un lézard parmi les pierres chauffées par le soleil de mai, préférant le silence et la solitude pour mieux réfléchir sur les bizarreries du village de La Providence, des Francisques et du Grand Cercle. C'est alors qu'il aperçut les deux garçons dont il était l'ami. Il se coula jusqu'à eux.

– Hé ! Attendez-moi !

– Tiens ! Voilà Grandes-Oreilles ! fit Alcazar, reprenant son souffle.

– Où vous allez ?

– Aux Loges-Hautes, nabot ! Dis donc, t'as réussi la sortie, à la noce, hier tantôt !

– Bah ! fit Longo. Ça me tournait depuis longtemps dans l'estomac. J'avais déjà trop bouffé la veille. Je peux venir avec vous ? Vous allez quoi faire ?

Alcazar et Fleurimiche échangèrent un regard.

– On va chasser la caille. Je ne sais pas si ça te concerne.

Les grands allaient en effet à une drôle de chasse, vers les Loges-Hautes, dans les ruines du village d'en haut abandonné depuis un siècle. C'était là que les filles attendaient les garçons, poussant des cris et s'enfuyant quand ils s'approchaient. Longo n'avait pas encore osé, et on se moquait un peu de lui, car il était en âge, comme on disait.

Pourtant, du haut de ses quatorze ans et demi, il se sentait fier de la compagnie de ces deux grands, Alcazar et Fleurimiche. Il les suivait chaque fois qu'il le pouvait, jusqu'aux limites de son toupet, volant avec eux des feuilles de chiquenoire pour les faire sécher et les fumer en douce, ou bien racontant sur les filles tout ce qu'il n'osait leur faire. Cela se passait le plus souvent pendant les longues heures tranquilles consacrées à la garde des troupeaux.

Les deux autres, qui allaient sur leurs dix-sept ans, appréciaient la présence de ce garçon plus jeune, un peu niais, l'utilisant pour diverses actions de représailles contre les dénonciateurs de tout poil, l'envoyant lancer des pierres dans l'eau des pêcheurs ou des lavandières, ou arracher de nuit les plantes offertes par la communauté au Grand Formateur, dont la statue de bronze ornait la place sacrée. Ils se moquaient de lui gentiment, plaisantant sur ses oreilles un peu trop grandes au goût de tous, et qui l'empêchaient de fréquenter les demoiselles, lui qui préférait encore jouer à la petite guerre au sein de la végétation luxuriante qui envahissait les gorges du fleuve Espérance.

Les trois garçons approchaient du haut plateau lorsque soudain le grand Fleurimiche s'arrêta et se plaqua contre la muraille. Aussitôt Alcazar l'imita.

– Hé ! Tu as vu ? s'écria-t-il.

– C'est épouvantable ! fit Alcazar.

– Qu'y a-t-il ? demanda Longo, candide.

– Une chose si terrible, dit Fleurimiche, qu'on

n'ose pas t'en parler parce que tu aurais trop peur.

— Allez, dites !

— Atroce ! fit Alcazar. Regarde comme je tremble. Et il se mit à agiter bras et jambes.

— C'est des cornifleries, votre histoire, conclut Longo.

— Quoi ? s'écria Fleurimiche. Passe devant, si t'es un homme ! Et tu verras !

— Vous... vous croyez ?

— Montre-nous ton courage, Longo ! Sauve-nous ! implorait Alcazar, les mains jointes. Toi qui n'as pas peur des dragons et des horreurs de ce siècle, c'en est un, et de belle taille. Sans doute Olofromidès, le roi des démons en personne ! Tu te sens prêt à l'affronter ?

— Allons ! C'est une blague, murmura Longo, la gorge serrée.

Il y avait au Nord toute une série de hautes collines que l'on appelait montagnes des Dragons. Les Anciens racontaient que jadis on avait vu sortir de ces hauteurs des flammes gigantesques, et ce ne pouvait être que l'œuvre de ces créatures malfaisantes.

— Allons, n'aie pas peur ! ricana Fleurimiche. Il n'y a pas de dragons. C'était pour te faire marcher. Mais il y a plus terrible pour toi, une bête affreuse qui te fait peur, oui, très peur !

— Quoi ?

Les deux autres éclatèrent de rire.

— Une femme !

Longo haussa les épaules.

— Tu n'y vas pas ? dit Fleurimiche.

— J'en ai déjà une, répondit Longo.

– Laquelle ?

– Je ne vous le dirai pas.

– Et qu'est-ce que tu lui fais ?

– Ça ne vous regarde pas.

– Tu as enfin réussi à trouver le mode d'emploi ?

– Facile.

– Pourtant, on ne t'a jamais vu avec, dit Fleurimiche.

– En principe, on se cache.

– C'est la femme invisible ?

– Vous savez ce qu'elle vous dit ? cria Longo.

Ils continuèrent en silence leur ascension, hors d'haleine. La pente était dure, et l'heure peu favorable.

Enfin ils débouchèrent sur le plat, dans un champ de ronces, de hautes herbes et de grappines – c'est ainsi qu'ils appelaient leurs misérables vignes torturées par le soleil qui produisaient un raisin acide. Sur leur droite se dressaient, inégaux, des pans de murs aux trois quarts écroulés.

– Attention, danger ! cria Fleurimiche. Un escadron de femelles nous contemple.

– Ils s'accroupirent, la main en visière. Une centaine de mètres les séparaient d'un bosquet de feuillus malingres et déformés. Là commençaient les grappines. Plus loin, la ligne d'horizon était boursouflée de collines imprécises qui ondulaient dans la torpeur de midi, déchiquetée au Sud par la chaîne imposante des monts du Pyr, où trônait le terrible Marasca, et accidentée vers le Nord par les montagnes des Dragons.

A l'est comme à l'ouest commençaient les déserts de la Mort. En ce temps-là, en effet, il n'y avait que très peu d'hommes dans le Grand Cercle, et les Francisques se croyaient sinon les seuls, du moins les plus importants et les plus civilisés. On prétendait qu'autour d'eux régnait un désert quasiment infini, les zones habitées telles que les pays des Kelconkes, celui des Austères, n'étant que des oasis de verdure au milieu du grand monde. D'autres peuples plus éloignés, comme les Angnoriens, les Nordisques, ou encore les Luziens et les Arbiens du Sud, venaient de temps à autre faire un peu de commerce. Mais les Providents, bien calés au fond de leur étroite vallée, ne sortaient jamais, ignoraient tout de leur entourage et empêchaient leurs enfants d'en savoir davantage.

— Par ici ! dit Alcazar. J'en ai vu une ! Elle n'est pas dans les ruines, mais dans le bosquet. Mettez vos flingots en batterie ! On rampe.

Ils étaient surtout étonnés par ce silence inhabituel.

— Passe devant, le tombeur ! fit Fleurimiche.

Mais Longo, intimidé, se rétracta.

— Qu'est-ce que tu fais, gamin ? Allons, viens ! Il n'y a que le premier pas qui coûte !

Longo recula encore.

— Hé ! Qu'est-ce que je vous disais ? poursuivit Alcazar. Ça a bougé dans le bosquet.

Les deux grands s'éloignaient en rampant dans les hautes herbes. Longo leur tourna le dos et s'assit sur une pierre pour observer la plaine, vers le Sud. Le village de La Providence, encaissé dans les gorges, était soustrait aux regards, mais la vue s'étendait au-delà, sur des collines douces et verdoyantes où paissaient des troupeaux d'outrecornes laitières dont on entendait parfois tinter les clochettes. Dans des champs de terre brune s'éreintaient des paysans à clairsemer les rangs de sucrettes rouges, tandis que les femmes hissaient lentement, de la rive jusqu'aux potagers, leurs seaux d'eau au bout de longues perches.

Il sursauta. Près de lui, une nuée de picoulettes, sortes de cailles bleues, s'était élancée et éparpillée d'un seul coup dans le ciel, en un grand froufrou. Il attendit. Les minutes passaient.

Enfin il se leva, fit demi-tour pour rejoindre ses compagnons, se demandant avec un début de regret s'ils avaient eu quelque succès dans leur aventure. Son élan fut brisé net. Il s'était presque heurté à un personnage immonde et ne put réprimer le hurlement terrible jailli malgré lui de sa poitrine.

Au début, il n'en vit que les bottes mais, levant les yeux, il put contempler l'épouvantail dans son ensemble.

Un géant horrible, au visage déformé, rougeaud, pustuleux, comme boursouflé par une hideuse maladie, peut-être une ivrognerie permanente ou une mauvaise plaie encore ouverte, un homme mesurant au moins une tête de plus que la normale, à la barbe hirsute, coiffé d'un étrange casque de fer hérissé de nombreuses pointes, se tenait là, bien campé sur de solides jambes à demi écartées. Il était vêtu d'une tunique de peau noire bardée de fer, d'un pantalon de chanvrequin noir tenant par une large ceinture de cuir noir cloutée, assortie à ses bottes. Et surtout, il tenait dans ses deux mains un de ces flingots d'argent et d'ébène magnifiques et redoutables dont parlaient les légendes, que l'on pourrait décrire comme un fusil de l'ancien temps avec des sculptures sur la crosse, et de plus possédant quatre canons groupés, avec sur les ferrures de nombreux ornements.

Cet homme, si c'en était un, émit un affreux rire guttural.

Il leva son flingot. Le coup claqua à la hauteur de l'oreille de Longo. Son écho se perdit dans la montagne. Puis le géant lui pointa le quadruple canon brûlant de son arme sur le ventre et le poussa vers le précipice. Longo reculait, criant, pleurant, se rattrapant à cette ferraille cuisante, essayant vainement de résister. Quand ils furent juste au bord, le géant rit encore. Il allait le pousser dans le vide, lorsqu'il y eut dans son dos du bruit venant du bosquet. Le bandit se retourna, Longo tenta de fuir, mais l'autre abattit sur son épaule sa large main de primate. A nouveau, arme entre les omoplates, il le poussait, cette fois, en direction du bosquet qui s'agitait.

Horrifié, Longo reconnut les voix d'Alcazar et de Fleurimiche auxquelles s'ajoutaient des cris plus aigus. Les garçons n'avaient pas encore atteint les grappines qu'ils étaient tombés dans un piège. Ils se retrouvaient prisonniers de quatre géants casqués identiques à celui qui le tourmentait et qui s'étaient soudain dressés au milieu des herbes.

Un sixième porte-flingot sortit du bosquet, tirant à sa suite un galopant brun (c'est le nom que donnent les Francisques à une sorte de cheval épais, de grande taille, s'apparentant au percheron).

Or, au grand étonnement de Longo, voilà qu'un septième et un huitième de ces bandits le suivaient,

26

ayant saisi par les bras une jeune inconnue aux longs cheveux blonds comme les blés, vêtue d'une chasuble verte et d'un pantalon noir, et qui se débattait en poussant des cris entremêlés de sanglots. Ces hommes la hissèrent sur la large croupe de l'animal parfaitement adapté pour ce genre de transport. Puis Longo fut poussé sans ménagement vers ses deux compagnons.

Il regarda les visages de ses amis, blancs comme la mort, puis ceux hilares des géants rongés par leur laideur maladive, les implorant de ses grands yeux dilatés par l'épouvante. Il tomba à genoux en sanglotant. Les géants rechargèrent tranquillement leurs flingots, se regroupèrent en une sorte de peloton, les épaulèrent malgré leurs supplications et leur adressèrent un dernier rire.

Les coups de feu partirent. On ne sut jamais d'où. Trois de ces géants se plaquèrent au sol. Les autres se sauvèrent sans se retourner, en quête d'un abri. Le galopant sur lequel était juchée la prisonnière s'élança, dans un hennissement, vers la montagne. Dans un geste d'héroïsme totalement inexplicable, Longo bondit à sa suite. Surpris par son départ, les bandits poussèrent des hurlements de rage. La fusillade crépita, des balles sifflaient à ses oreilles. Mais le garçon filait, imperturbable, comme s'il avait une chance quelconque de rattraper le fougueux animal.

Soudain, contre toute attente, le galopant contourna un repli de terrain et revint droit sur Longo qui s'arrêta, stupéfait. Les coups de feu cessèrent. Le galopant approchait. Longo se jeta à terre, arracha de grandes touffes d'herbe de chaque

main et, quand la bête fut sur lui, il se dressa comme un diable sortant de sa boîte, poussant des cris, agitant les bras. L'animal se cabra en hennissant et la prisonnière fit une chute en arrière, tout près du garçon.

Longo la saisit par le poignet. Elle se releva prestement et se laissa entraîner par le chemin descendant vers les gorges de l'Espérance. Tout autour, la fusillade se poursuivait. Dans leur fuite, ils eurent le temps d'entrevoir trois cavaliers en tenue couleur de flammes, brillant d'une telle intensité qu'ils semblaient incendier le paysage. On aurait dit que leur vêtement flambait sur eux sans se consumer.

– Les Tuniques de Feu ! cria la jeune fille. Les Tuniques de Feu !

Ces hommes, surgissant des ruines et se dressant au milieu des hautes herbes, tiraient de toutes leurs armes à répétition sur les porte-flingots noirs qui paraissaient savoir esquiver les coups. S'étant échappés, Fleurimiche et Alcazar coururent vers le Nord, en direction de la montagne des Dragons et Longo pensa qu'ils allaient faire les frais de l'échauffourée. Ne pouvant venir à leur secours, l'adolescent s'élança dans la descente, la fille à sa suite. Quelques balles imprécises furent encore tirées dans leur dos, suivies de la chute hurlante et tournoyante d'un brigand noir à tête de pelote d'épingles vers les profondeurs mortelles.

KALLYSTEN

Il y avait en haut de la falaise un endroit que Longo connaissait bien. C'était une fêlure verticale dans la couche rocheuse, dont l'entrée était masquée par des feuillus. Là commençait un couloir si étroit qu'il fallait se mettre de biais pour y progresser. Ce caprice de la nature était indétectable du sentier. Longo y tira la jeune fille derrière lui. Cette main chaude pelotonnée dans la sienne le troublait.

Après une quinzaine de mètres de ce passage obscur et difficile, ils débouchèrent dans une sorte de vasque remplie de ronciers qu'ils contournèrent jusqu'à une caverne basse de plafond, intime comme un cocon et ayant jadis servi de demeure. On trouvait là les restes d'un foyer : pierres et muraille noircies, moignons de planches calcinés, vieille odeur froide de braise noyée, et surtout de la paille sèche. Il arrivait encore à Longo de monter ici en secret pour jouer aux brigands.

Ils s'y tapirent, haletants, invisibles.

– Ben ça, une chose pareille ! Ben ça, une chose pareille ! répétait le garçon, le regard vague, au comble de l'hébétude.

Au-dessus d'eux, dangereusement proche, la bataille faisait rage avec ses ordres hurlés à la va-vite, ses galopades, ses éboulements, ses râles et toute la puissance d'une artillerie bien nourrie.

– Ben ça, une chose pareille ! Et Alcazar, et Fleurimiche !

La jeune fille se mit l'index sur les lèvres. Elle parcourut le lieu du regard, tendant l'oreille, frémissant à chaque bruit. Longo se savait en sécurité mais, pâle, parcouru de sueurs froides, le cheveu hirsute, il ne se remettait qu'à grand-peine de son intense frayeur.

Peu à peu une respiration normale lui revint. Ses yeux, depuis longtemps accoutumés à la faible luminosité des gorges de l'Espérance et de ses cavernes domestiques (tous les Providents sans exception vivaient dans des cavernes), s'habituèrent vite à celle-ci.

Alors seulement il regarda la jeune fille, et la jeune fille le regarda. Son cœur battait toujours très vite. La jeune fille, dont les longs et soyeux cheveux blonds avaient dû être nattés avant l'enlèvement manqué, les secoua pour dégager son visage, et vint s'accroupir le plus près possible de son compagnon, épaule contre épaule.

Longo admirait ses bottines de cuir roux aux semelles crantées pour la marche, son pantalon à longs poils noirs de rousquin des montagnes, son solide tronc de statue gainé d'une chasuble de soie verte, enserrant des seins bien marqués, potelés, remplis, fermes, replets.

Et au sommet de ce corps si proche trônait un beau visage aux lèvres sanguines, aux grands yeux bleus observateurs, ornés de longs cils clairs, l'un ou l'autre parfois masqué d'une mèche qu'elle savait pousser d'un geste gracieux derrière l'oreille.

En émettant un petit rire, elle ouvrit la main sur un minuscule couteau avec lequel elle avait énervé le galopant, provoquant son retour imprévisible. Ce geste mit en évidence une bague portée à l'annulaire droit et dont le chaton d'émeraude avait été jusque-là caché par la paume. Longo sourit. Après l'avoir encore un peu fixé de son regard bleu et grave, la jouvencelle inclina sa tête sur l'épaule du garçon et l'entoura d'un bras.

— Merci de m'avoir aidée, dit-elle avec cet accent tout nouveau pour Longo, un accent venu de l'autre bout du monde, frais comme le vent des grands voyages.

Émerveillé, il retint sa respiration.

Elle s'approcha encore de lui et, du bout des lèvres, posa sur sa joue un baiser très léger, presque imperceptible.

— C'est aussi fin que l'aile d'un papillon, fit-il remarquer en rougissant.

Il l'amena contre sa peau pour se chauffer le plus longtemps possible à cette source de tendresse. Tandis qu'ils se serraient ainsi, la jeune fille éclata en sanglots. Ses larmes lui couraient le long des joues puis, dessinant des rigoles dans la poussière collée à sa peau, glissaient sur le torse de Longo qui demeurait pétrifié. Ses pleurs se communiquèrent au garçon dont le visage à son tour ruissela de larmes.

Quelque temps après, ayant retrouvé sa sérénité, elle s'assit en face de lui et parcourut de la main le buste de Longo.

Toutes ces délicatesses provoquaient en lui un fourmillement de frissons et il ne pouvait détacher son regard de cette grandiose apparition. De temps à autre, en secret, il lui était arrivé de s'approcher

de quelque fille de La Providence, nue à l'heure du bain, et il avait éprouvé de semblables impressions, quoique plus diffuses. Cette fille, à vrai dire, lui apparaissait différente de toutes les autres par la pâleur et la fraîcheur de sa chair où se dessinait un réseau de veinules fourmillant de vie.

Elle sourit encore, puis saisit la tête de Longo dans les paumes de ses mains et, l'appuyant contre sa poitrine comme on ferait d'un enfant, le fit basculer, se pencha sur lui et lui déposa à nouveau un petit baiser-papillon, un autre, puis un autre. Un instant décontenancé, il esquissa une timide défense dans le crissement de la paille, puis se laissa sombrer. Ces multiples impacts éparpillés sur son visage déversaient en lui un flot de bien-être inattendu, le délivrant de ses dernières craintes, calmant son corps encore tout tremblant. Il buvait à une source vivante qui l'animait du plus profond de lui-même, éveillant des sensations complètement nouvelles.

Quand elle s'arrêta, il resta figé, les yeux grands ouverts. Le silence était revenu dans la montagne.

— Voudriez-vous m'aider encore un peu ? demanda la fille, avec l'accent musical des enfants du Nord.

— Oui ! Oui ! s'empressa-t-il. Qu'est-ce qu'il faut faire ?

— Me trouver une cachette pour quelque temps. Je dois absolument rester ici.

— Descendez au village ! Vivez chez moi ! s'écria-t-il, étonné de sa propre hardiesse.

Elle rit doucement.

— Vous êtes gentil. Mais je ne dois être vue de personne.

– Pourquoi ? Que faites-vous ? D'où vous venez ?
Son regard se perdit.

– De loin, murmura-t-elle.

– J'aime ce moment, reprit Longo, après un long silence. J'aime quand vous me parlez si doucement. Oh, si vous pouviez rester !

– Comment s'appelle ce village ?

– La Providence.

Le visage féminin s'éclaira.

– Vraiment ? La Providence ? C'est la plus grande ville des Francisques, n'est-ce pas ?

– On le prétend.

– Dites-moi... Est-ce que cette caverne est sûre ?

– Personne d'autre que moi ne la connaît. Une vieille vivait là il y a longtemps. Elle s'appelait Sardone.

– Comment ? Sardone ? s'étonna-t-elle.

– Oui, pourquoi ?

– Rien.

– Tout le monde racontait qu'elle était folle et elle avait fui le village pour se cacher ici. Quand j'étais petit, je lui montais chaque jour ses provisions. Ensuite, elle est partie. Personne ne vient jamais là.

– Savez-vous ce qui m'aiderait ? dit la jeune fille.

– Dites-le-moi !

– Rester dans cette caverne quelques jours. Personne ne doit savoir que je suis là. J'ai quelque chose de très important à faire. Vous me monterez des provisions comme pour la vieille Sardone.

Il acquiesça. Après un long moment d'admiration muette, il risqua une question.

– Vous vous promenez comme ça toute seule dans le Grand Cercle ?

35

– Oui.

– Votre mère vous laisse sortir ?

La jeune fille ferma les yeux et répondit doucement :

– Il y a longtemps que je n'écoute plus ma mère.
J'ai un travail à accomplir, un travail très urgent.
Je dois le faire seule. Mais j'ai des ennemis.

– Comme ces brigands noirs, n'est-ce pas ? J'en
suis encore tout retourné. Ils étaient si terribles !
Pensez ! On n'a jamais vu ça dans nos régions ! Et
ces autres comme des torches ! Pourquoi nous ont-ils
délivrés ? Ils voulaient nous attraper aussi, n'est-ce
pas ? Ils sont aussi dangereux ? Je dois profiter de
cette chance que j'ai eue de m'échapper. Faut donner
l'alerte !

– Non ! Surtout pas ! dit-elle vivement. Vous ne
direz rien, n'est-ce pas ? A personne ?

Longo ouvrit des yeux ronds.

– Quoi ? Ne rien dire de ces géants noirs et de
ces grands flambards ? Mais... au contraire ! Dès
qu'on pourra sortir d'ici, il faudra donner l'alerte !
C'est le devoir de chaque homme, chez nous, quand
quelque chose ne va pas. On n'a pas le choix !

– Mais si, vous avez le choix. Ne faites pas cela,
je vous en supplie ! Ça ne servirait à rien. De toute
façon, ils vont s'en aller.

Longo lut le désarroi dans ses yeux, ce qui ajouta
à son émotion.

– Ces... ces huit géants... noirs... bredouilla-t-il.
Et celui qui est tombé dans le ravin, il appartient
à quelqu'un ! On va bien venir nous le réclamer ! Et
ces Tuniques de Feu contre qui ils se battaient ? Ça
vient d'où ?

– Ces monstres n'ont rien à voir avec votre

village, dit la jeune fille. Cette bataille ne vous concerne pas. Elle vous dépasse totalement.

– Qu'est-ce que vous en savez ? D'abord, ils ont failli me tuer.

– Parce que vous êtes intervenus, vous et vos compagnons stupides.

– Stupides ? Merci bien ! Ils étaient en train de vous enlever, faut pas l'oublier ! Et qu'est-ce qu'ils ont fait d'Alcazar et de Fleurimiche ? Ils les ont eus, n'est-ce pas ? Les grands noirs ou les rouges feu ? Et pourquoi ils vous enlevaient ?

– Moi, c'est différent, dit-elle en se caressant les cheveux.

Il baissa la tête et murmura :

– Se taire ! C'est horrible, ce que vous me demandez là ! Nous allons tous être massacrés !

– Puisque je vous assure qu'il ne se passera rien. C'est moi qu'ils voulaient. Si vous m'aidez, je vous récompenserai.

– Comment ?

– Qu'est-ce qui vous ferait plaisir ?

Longo rougit.

– Encore un peu de ces petits baisers-papillons.

Comme il s'était relevé, elle le pencha à nouveau sur elle, comme une mère, et le cajola tout en murmurant :

– Vous ne direz rien. Vous n'avez rien vu. Vous ne me dénoncerez pas. Ils viendraient faire des battues et vous n'auriez plus les baisers-papillons...

– Je ne dirai rien.

– Ni sur moi, ni sur les ogs du Sanguinaire.

– Ni sur vous ni sur les ogs...

Il se dressa brusquement.

– Qui c'est ?

– Ces géants noirs. Ce ne sont pas des êtres humains, mais de terribles ogs que le Sanguinaire emploie dans son armée.

– Des ogs ! s'écria Longo, les cheveux dressés sur la tête. Ces ogs dont parlent les contes ? Ces animaux terribles qui ressemblent aux humains ? Peut-être des hommes dégénérés ? On dit que ce sont des hommes fabriqués par l'esprit du Sud ? Ils existent ?

Elle éclata de rire.

– Vous me posez cette question après ce qui vient de se passer ?

Il eut soudain un regard effrayé.

– Si c'est possible une chose pareille ! Et... Et le Sanguinaire aussi, il existe ?

– Bien sûr ! Au début, ce n'était qu'un brigand qui se prenait pour un roi. Désormais, il est le roi du Sud. Mais il lui arrive de traverser de temps à autre la mer Sauvage et d'envahir notre continent, en commençant par la terre des Francisques. Il rôde depuis longtemps dans cette partie du Grand Cercle. Je suis sûre qu'il vous a déjà rançonnés de nombreuses fois, mais en général ce sont des choses que l'on cache aux enfants. Il nous veut le plus grand mal, à tous.

– Alors, vous voyez bien qu'il faut donner l'alerte !

– Pour vous défendre avec vos bâtons ?

– C'est vrai. Vous êtes drôlement intelligente ! Encore ces baisers-papillons, s'il vous plaît. Demain matin, je vous monte une briche de pain, du lait, du beurre, du bois pour le feu. Si vous voulez de l'eau, la vieille Sardone avait fait jaillir une source à quelques mètres d'ici – elle était un peu sorcière, je crois – mais c'est bourré de ronces, maintenant.

– J'irai.

– Vous allez passer la nuit seule dans la falaise ?

– J'y suis habituée !

– Vous n'avez pas peur des mauvaises rencontres ?

Elle regarda soudain son émeraude.

– Non. J'ai ce qu'il faut pour les recevoir. Ne craignez rien.

Il se pencha encore sur elle.

– Dites... vous m'aimez un tout petit peu ?

– Pourquoi ?

– Parce que ça serait bien. Aucune fille ne m'a encore aimé.

Elle lui caressa les cheveux.

– Oui, je vous aime un tout petit peu. C'est déjà un début, vous voyez !

Il sourit.

– Merci. Comment vous vous appelez ?

– Kallysten.

– Kallysten... C'est un joli nom, ça, pas bien de chez nous, mais drôlement joli. Moi, c'est Longo.

– C'est joli aussi, Longo.

– Non ! C'est un sale diminutif que j'aime pas. Ça veut dire Longues-Oreilles. Regardez !

Il souleva ses cheveux.

– Quoi ? dit Kallysten.

– Vous voyez bien... J'ai des oreilles trop longues. Ça fait rire tout le monde.

– Mais non. Vous avez de belles oreilles.

– Vrai ?

– Absolument. Partez, maintenant. Il va faire nuit. A demain !

L'ayant quittée après un dernier et tendre regard, il sortit de la caverne, regagna le chemin, dévala la pente, dans la tiédeur du soir. Longtemps, il observa le haut, espérant voir revenir ses deux compagnons, puis il se mentit en supposant qu'ils étaient déjà rentrés. Il tourna le dos à la montagne et glissa dans le sentier descendant. Il se sentait heureux de se baigner encore une fois dans les odeurs moites du village troglodyte, bois brûlé, terre humide, nombreuses essences d'arbres extraordinaires qui n'existaient que dans cette région écartée, pimprelins à liqueur sourde, siguiers aux fruits gras et lourds, tropliers, fierchênes et sorberoses dont on tirait le bois des meubles... Odeurs de briche grillée, de coquetendres frites, de fromages trop coulants, de torrents de grappines.

Il se sentait désormais le garçon le plus fort du monde. Peut-être même qu'il était invincible. Sûr qu'il était invincible ! Aussi fort que le Benjamin de la légende !

– Personne d'autre ne l'aura ! murmurait-il sur le chemin. Celle-là, elle est rien que pour moi !

Le village lui apparut dans sa tranquillité habituelle. Il s'arrêta pour regarder d'en haut les silhouettes aller et venir dans les sentiers, sur les places, sur la berge de l'Espérance, sur le pont de rondins. Véritablement, la paix avait élu domicile en ce lieu et ne le quitterait jamais.

Alors, le cœur gonflé d'une joie toute neuve, et la tête soudain remplie d'étoiles, il courut vers la place sacrée pour s'agenouiller devant le socle de la statue du Grand Formateur, dieu et maître des Providents.

UNE SOIRÉE CHEZ LA PÉDAUQUE

– Hé quoi ! gouailla la Pédauque dès le retour de son fils. Qu'esse t'as fichu ? Pourquoi qu't'es pas entré à la noce derrière moi ? Qu'êqu'c'est ces manières ?

Longo ne la distingua pas tout de suite dans l'obscurité de la caverne. Le corps merveilleux de Kallysten était encore inscrit devant ses yeux et l'aveuglait comme un soleil de plein midi.

– Oh... M'man ! J'ai été si malade hier !

– Malade ? N'en v'là des menteries ! T'es pas resté longtemps couché c'te nuit, hein ? Ça t'a guère empêché d'traîner avec ces deux galopins qu'je t'défends d'sortir avec ! Et pis t'as vu l'heure ? Faut que j'me cogne tout le boulot, moi. Les seaux d'eau, le bois... Et r'garde un peu la nouvelle tenue que j'tas donnée ce matin ! Ton beau pantalon ! Dans quel état ! Et c'te chemise toute chiffonnée ! Si c'est pas malheureux, un grand gars comme toi ! Alors ? Tu vas m'le dire où que t'as été traîner ?

Comme il n'osait répondre, la Pédauque poursuivit :

– Allons, bon à rien ! J't'ai préparé le tas de bois ! Y te reste plus qu'à y met' une braise si la paresse t'a pas tué avant. T'allum'ras aussi la lampe à huile. La nuit est tombée.

Accroupi devant le foyer, Longo soufflait à coups lents et réguliers. Une braise rougit d'un point minuscule qui grossit à chaque expiration et finit par s'enflammer, communiquant son énergie bienfaisante au faisceau de brindilles, aux bûchettes, puis aux branches que la femme avait pris soin d'empiler en une tour triangulaire au milieu de l'âtre.

Une agréable clarté orange envahit la pièce. Radoucie, la Pédauque s'approcha de son fils, lui caressa les cheveux, la joue. Il leva la tête vers elle, lui prit la main, la ramena à sa bouche et déposa un baiser sur cette peau rêche qui distribuait indifféremment taloches et récompenses, et que sa mère avait gagnée, ainsi que des biceps, à laver le linge de toute la communauté.

Puis il se redressa, alluma la lampe à huile qu'il posa avec précaution sur la table d'où elle éclaira la caverne. C'était une pièce de forme indécise, plutôt ovale, de dix mètres sur six dans ses plus grandes dimensions. Il s'y trouvait un mobilier de fierchêne chevillé et des paillasses, au fond, près d'une cloison qui enserrait les réserves de bois, la nourriture, et masquait l'entrée de la chambre froide. C'était rustre, mais on y était bien.

Il s'assit à table. Sa mère approcha un tabouret et continua près de lui, en silence, un ouvrage de tricot qu'elle avait commencé auprès du feu. Il la regarda travailler longtemps sans parler.

Ce fut elle qui rompit le silence.

– Mon petit, puisqu'on en est aux noces, aux mariages de toutes sortes, faut que j'te cause de certaines choses. T'as bientôt quinze ans. T'es bien fichu et t'as rien à envier aux autres gars du lieu. Tu d'vrais y songer aussi, à te marier, toi. C'est l'âge, ici. Tiens, c'tantôt, quand j'ai vu la Césarine, et ce Bourbon qu'a guère six mois de plus qu'toi, j'sais pas c'que ça m'a fait. Un joli p'tit couple, eux deux, pas vrai ? Elle est un peu jeune, mais elle ira plutôt en grandissant. Et toi...

Longo sourit en baissant la tête.

– Et avec qui il faut que je me marie ?

– Le choix manque pas, cornebleu !

– J'en ai pas trouvé une qui me plaise. Elles sont toutes moches et elles prennent des airs.

– Fais pas l'difficile, morveux ! Tu finiras par le r'gretter. Et les p'tiots, t'aimes pas ça, les p'tiots ? N'en faut, ici, tu le sais bien. Y en a tant qui meurent si jeunes !

– Quoi ? Les moutards ? Quelle épouvante ! Toujours dans vos jambes à réclamer ci ou ça ! Jamais !

– Hé, mon p'tit gars, faut pas dire des choses pareilles ! Si que je tenais des discours dans c'genre-là, moi, c'est qu't'aurais pas vu l'jour ! Tout compt'fait, ç'aurait été dommage, vouais. T'es chiard comm'pas deux, c'est un fait, mais t'as une jolie p'tite bouille et tu s'ras un bon type, j'en mets ma main au feu.

– Tu crois ? dit Longo.

– Puisque j'te l'dis.

Il se précipita sur sa mère, lui baisa la main.

– Tout de même, on n'est pas du bétail, M'man. Je suis pas chargé d'agrandir le troupeau.

– De quoi que tu te plains ? C'est pas si désagréable, après tout, pour les gars. Les ennuis, c'est quand même plutôt pour les femmes ! Ou alors quoi ? Tu vas pas m'dire qu't'es pas fait comme les autres ? Hein ?

Elle lui avait désigné l'entrejambe. Il baissa la tête et sourit.

– Si, M'man.

– Bon. C'que j'pensais. Enfin, c'qu'y faut savoir, c'est qu'les femmes, y en a plusieurs ici qu'attendent après toi, j't'assure. On me l'a dit.

– Qui ça ?

– La Joséphine de chez Justinbride.

– Pouah ! Ça par exemple ! Qui d'autre ?

– Blanche-Astarté.

– Hein ? Pas possible ! Elle est de la haute, celle-là. Pas notre genre. Quatrième terrasse, ne l'oublie pas, M'man. Faut pas rêver.

– Hé quoi ? Sa mère en personne est v'nue me voir la s'maine dernière. Elle m'a laissée entendre...

– Non, non et non !

– De toute façon, te marier, ça t'ferait du bien. Ça f'rait de toi quelqu'un. Ça te dégourdirait, pas qu'un peu. A traîner sans rien faire, on n'a qu'des mauvaises fréquentations. Prends une fille d'ici. Et par pitié, cornifleries et filoutages, va pas courir le grand monde, on n'en tire que bosses et plaies !

– Je prendrai celle que je voudrai, quand je voudrai et j'irai où je voudrai ! hurla Longo.

– C'est bon, c'est bon, mon Bichounet... Dis... Ta vieille mère... Tu l'aimes encore un peu ?

– Pourquoi tu me demandes ça ?

– Sais pas. J'sentirais comme quelqu'chose de bizarre dans ta voix, dans ton attitude.

– Oh non, M'man !

– S'est rien passé ces jours-ci ?

– Non, M'man.

– Tu m'le jures ?

– Ben... Oui, M'man !

Dans la nuit, Longo resta longtemps sur sa couche

les yeux fixes. La tête remplie de baisers-papillons, il se laissait envahir par de douces et tendres images d'herbes froissées, de nids dans la paille chaude de l'été, de rires sur la mousse au creux des forêts. La chose lui déversa un petit bonheur sur lequel il s'endormit.

LES PETITES VISITES

Le lendemain, Longo, après avoir aidé comme chaque matin sa mère à porter le linge au lavoir, prit un panier, le remplit de victuailles chipées ici et là dans le garde-manger maternel, déroba une couverture de laine, un vieil oreiller et monta à la caverne, s'assurant à chaque instant que personne ne le suivait ni ne fréquentait les parages.

– Kallysten ? Hé ! Kallysten ?

La jeune fille apparut de l'autre côté de l'étroit passage secret. Il la rejoignit. Dans la caverne, il déballa le contenu du panier.

– Oh merveille, j'avais une faim de loup ! dit-elle en se jetant sur la viande séchée.

Avec un bonheur intense, le garçon la dévorait du regard, et c'était lui le plus gourmand des deux.

– Vous avez trouvé la source ?

– Oui, mais il m'a fallu débroussailler. Heureusement, je suis retournée sur les lieux de l'enlèvement. Voyez ! J'y ai retrouvé mon sac.

Elle désigna, posée à côté d'elle, une peau de chèvrebique cousue à gros points et qui débordait de divers ustensiles, dont une cisaille, une bêche, un piolet.

Il la laissa se restaurer de saucisses, de jambonneau, de lait frais, de tranches de briche beurrées. Quand elle s'estima rassasiée, elle serra le reste dans le linge humide et le cacha au fond de la caverne.

– Vous savez quoi ? dit Longo. Avant-hier, à

l'occasion du mariage d'un ami, Engelbert nous a raconté une histoire terrible. La légende de La Vallée des Esprits. Enfin, commencé, il faut plutôt dire. Elle est si longue qu'il n'a pas pu arriver à la fin.

– A quel moment s'est-il arrêté ?

– Quand Benjamin, le héros, quitte la magicienne et descend dans une vallée profonde, qui est une sorte de grand puits, et...

– Et il arrive à un temple où il est obligé de se battre contre Olofromidès, le roi des démons, pour percer le secret de la connaissance de la fondation du Grand Cercle et rencontrer Altarifa !

– Oh ! Vous savez la suite ?

– Oui, dit Kallysten. C'est une légende très connue. On me l'a souvent racontée dans mon enfance.

– On la connaît jusque là-bas ? C'est où le pays de votre enfance ?

– L'un des quatre royaumes d'Angnor.

– Le pays des neiges ?

– Oui... Mais rassurez-vous. L'été il y fait très beau. Qui est cet Engelbert ?

– Un vieillard. Notre conseiller, ici. Il nous en raconte, des histoires folles ! On appelle ça des contes, mais je me demande s'il n'y a pas une part de vérité, avec ce qu'on a vu hier ! Il sait tant de choses, ce vieux-là ! Tout, pour ainsi dire ! C'est même lui qui m'a appris à lire. Oh, il n'a pas toujours vécu ici, et il a parcouru le Grand Cercle.

– D'où est-il venu ?

– Il ne l'a jamais dit.

– Merci pour cette belle couverture, dit Kallysten. Je l'apprécierai la nuit prochaine. Et cet oreiller... Allongez-vous sur ma paillasse !

Longo la regarda, intrigué, puis obéit. Elle se mit à genoux près de lui, et lui couvrit le visage de mille petits baisers. Il ferma les yeux.

– Vous m'aimez toujours un peu ?

– Oui, Longo. Plus qu'hier. Pouvez-vous m'aider encore une journée ou deux ?

– Même davantage !

– Quels sont les villages des environs ?

– Les hameaux de la Petite et de la Grande Quenouille, le Portefaix, la Renarderie, et d'autres petits groupes d'une dizaine de demeures. Plus au sud, les Gués-du-Sud, un gros village comme le nôtre, et puis vous quittez la terre des Francisques.

– Dites, Longo... Allez-vous vraiment garder le secret de ma présence ici ?

– Mais oui ! Vous n'avez donc pas confiance ? Faites-moi encore le baiser-papillon, une dernière fois ! Après, il faut que je rentre. C'est le troisième jour de noce. Ils vont être horriblement vexés si je ne me montre pas. Et puis, je dois me louer dans les champs. On commence les foins.

– Attendez...

Elle fouilla dans sa poche et tendit une larme d'or, monnaie courante chez les gens fortunés de l'ancien continent.

Longo ouvrit des yeux ronds.

– Vous êtes riche ! Déjà cette émeraude, et en plus des larmes d'or !

– Pour les frais, dit-elle. Vous ne pourrez continuellement chaparder de la nourriture. Voici de quoi l'acheter.

– Une larme d'or ! Pour moi ? Je ne peux pas la prendre... Chez nous, il n'y a que les Fleurimiche, les Grovelu ou les Blanchedent qui en ont. Ou peut-être les Joligoulue. Les Fortecuisse, chez qui on achète les viandes séchées et les fromages, ils vont croire que je l'ai volée ! Ils vont le dire à ma mère !

– Engelbert, le sage, vous aime bien ?

– Oui, pourquoi ?

– Vous leur direz que c'est lui qui vous l'a donnée. Ils ne poseront pas de questions.

Longo saisit la larme d'or. Il la contempla dans le creux de sa main, puis referma son poing. Après les derniers baisers-papillons, il se releva de sa couche.

Réapparu sur le sentier après avoir quitté Kallysten, Longo leva les yeux vers les hauteurs et hésita. Doucement, sans bruit, attentif à chaque éboulis, il monta en direction du haut plateau. Arrivé au niveau de l'arête, le cœur battant, il se cacha derrière un rocher et, à travers les hautes herbes, observa le bosquet ainsi que les Loges-Hautes. Seul le vent habitait l'endroit. A plat ventre, il s'aventura avec précaution. Parvenu à la première ruine, il leva la tête et découvrit dans l'enclos formé par les quatre pans de murs quelques ogs casqués et vêtus de noir assis autour de leurs flingots posés en faisceau.

De semblables escouades indétectables du sentier parsemaient le haut plateau. Son cœur se serra. Il battit prudemment en retraite et retrouva avec soulagement la sente aux grappines.

Descendu au village, il aperçut un attroupement devant l'auberge des sœurs Bonté. Les paysans gesticulaient, parlant haut et fort. S'étant approché et ne comprenant pas un mot de tous ces mélanges de cris et de bavardages, il questionna un enfant qui s'était détaché du groupe.

– Hé ! Fulbert ! Viens voir !

– Qu'est-ce qu'il y a ?

– Pourquoi ce remue-ménage ?

– Des chasseurs qui ont trouvé le corps d'un homme dans le ravin, dit le gamin.

– De qui ?

– On ne sait pas. Il n'est pas d'ici. C'est un soldat étranger. Un géant, tu verrais ses habits et son arme !

Longo s'avança tout tremblant. Il redoutait depuis longtemps ce qui allait suivre.

– Des habits comme ça, on n'en porte pas dans la région, disait Oscar le Chauve, maître de forge. On ne les tisse qu'en Terre Première.

– C'est une invasion qui se prépare, clama Bompied, un maître pêcheur. Vous avez vu ce flingot à quatre canons ?

– Pour l'instant, on n'a entendu parler de personne d'autre. C'était peut-être un voyageur isolé.

– Ou un brigand.

– S'ils sont tous de cette taille, ça promet !

– Réfléchissez ! hurla Oscar. On ne peut venir seul de Terre Première.

– Il a dû tomber du rebord du haut plateau.

– Il y a sans doute eu bataille.

– On n'a rien entendu.

– Il faut savoir ce qu'en dit l'Ancien.

Longo s'approcha du tas de chiffons noirs ainsi que du casque aux nombreuses pointes de l'og qui était tombé. Au même instant, il se fit interpeller par

Olidin, un grand qu'il détestait, mais qui était ami de Fleurimiche.

– Dis, toi ! Tu n'étais pas monté sur le plateau, hier, en sortant de la noce, avec Alcazar et Fleurimiche ?

– Si.

– Pourquoi ils ne sont pas rentrés ?

– Sais pas. On était montés aux filles. On n'est pas revenus ensemble.

– A quel moment vous vous êtes séparés ?

– Je ne suis même pas arrivé jusqu'en haut, mentit Longo. Ils sont partis dans les montagnes.

– Comment tu le sais, alors, qu'ils sont dans les montagnes ?

– Je le suppose.

– Suppose ? Suppose ? répéta Olidin en le saisissant par le col et en le secouant. Qu'est-ce que ça veut dire ?

– Lâche-moi ! J'ai rien fait de mal !

La foule s'approchait de ce nouveau centre d'intérêt.

– S'il leur est arrivé malheur, et que tu n'as rien dit, Longues-Oreilles, gare à toi !

– Fiche-moi la paix !

Il déguerpit, le cœur battant, en direction du fleuve et rencontra Hector, un ami de sa mère qui venait de temps à autre vivre dans leur maison. Il l'aimait bien. Ses visites amenaient un peu de gaieté. C'était un homme jeune, fort, qui avait parcouru le grand monde avant d'échouer à La Providence, voilà deux printemps. Hector lui proposa une amicale partie de pêche, et il refusa en ronchonnant, sans pouvoir s'expliquer ce geste. Il préféra errer seul sur la rive du fleuve, le cœur gros et lourd du secret de Kallysten, des géants noirs et des Tuniques de Feu, observant de loin les lavandières, les pêcheurs et les jeunes mamans qui donnaient le bain à leurs enfants.

Il s'attarda près de ces gosses qu'il voyait s'ébrouer pacifiquement dans l'eau fraîche. Les paroles de sa mère sur la nécessité vitale de procréer à La Providence lui résonnaient encore dans les oreilles. Il s'amusa des maladresses de ces bambins, de leurs réflexions, de leurs peurs, de leurs rires. A force de les regarder, il lui sembla qu'il les aimait.

– C'est quand même beau, un enfant, dit-il à haute voix.

Une femme qui portait un nourrisson se retourna à ses paroles.

– Prends-le un moment ! lui dit-elle en lui offrant le petit enfant.

Et lui, tout ému, tendit les mains, saisit l'être minuscule qu'il tint dans le berceau de ses bras. L'enfant ouvrait de grands yeux étonnés sur ce nouveau compagnon de route.

– Quelle impression ça te fait ? demanda la femme.

– J'ai un peu peur, dit Longo.

– Peur de quoi ?

– De le casser. Il y a tout un monde qui grouille là-dedans.

Elle se mit à rire. Il le lui rendit, impressionné, et s'éloigna avec le sentiment qu'il avait envie d'un enfant bien à lui. Il n'aurait su expliquer pourquoi, mais il désirait cette boule de chair pelotonnée sur son bras, accrochée à son cou, une chose qui l'aimerait, qui lui dirait : « Papa ! » Alors il conduirait l'enfant par la main sur le bord du fleuve, lui fabriquerait des santons de bois, lui apprendrait les oiseaux et les plantes, et même à lire, comme Engelbert le lui avait enseigné.

Kallysten ne cessait de hanter sa pensée. Il l'imagina avec l'enfant dans ses bras.

Plus loin, quelques villageois s'attardaient au jardin du Grand Formateur, y déposant leurs offrandes sous forme de fleurs et de monceaux de bois, adressant une prière opportuniste pour se protéger d'un éventuel envahisseur. Longo s'approcha lui aussi pour observer l'œil de bronze.

– J'ai fait une prière pour vous à notre dieu ! dit-il à Kallysten, le lendemain, apportant les provisions ainsi qu'une part du gâteau de mariage. Cet œil de bronze, le Grand Formateur, c'est notre dieu.

– Tiens ? Vous en avez un ? riait-elle, la bouche pleine.

– Pourquoi vous dites ça ? Il y en a d'autres ?

– On en trouve dans le monde entier. Vous savez l'utiliser, ici ?

– L'utiliser ? Mais c'est un dieu ! Ça ne sert à rien ! Enfin, je veux dire, juste à exaucer les prières, s'il les entend.

Elle haussa les épaules.

– Mais non, ce n'est pas un dieu !

Il s'allongea sur la paillasse, comme la veille.

– Approchez-vous, Kallysten. J'aime quand vous êtes tout près de moi.

Elle s'accroupit à son côté.

– Kallysten, murmura-t-il.

Il hésitait.

– Quoi donc ? insista-t-elle.

– Aimeriez-vous avoir un enfant ?

Elle sursauta.

– Pourquoi me demandez-vous cela ?

– Pour rien.

Elle ferma les yeux.

– Je ne sais pas, Longo. Je n'y ai jamais pensé.

– Ce sont des choses qui peuvent arriver, pourtant, dit Longo.

– Ce n'est pas bien le moment.

– Pour vous. Mais pour moi, c'est le moment.

– Que voulez-vous dire ?

Il se releva, appuyé sur les avant-bras.

– Je vous aime, Kallysten. Je n'ai jamais rencontré de fille telle que vous, et je n'en verrai jamais d'autre. Alors je vous demande de descendre au village avec moi. Nous aurons une caverne un peu mieux que celle-ci. Je serai maître panurgier. Déjà les adultes m'emmènent avec eux dans leurs chasses ou dans les captures de troupeaux. Paraît que je me débrouille pas mal à la fronde. Ma mère serait si contente. Et vous seriez heureuse, vous savez. On est bien à La Providence.

– Mon petit Longo, murmura Kallysten au bout d'un moment, je ne suis pas venue pour ça. Vous et les vôtres, vous vivez en totale inconscience. Ne me promettez pas la paix. Il n'y a plus de paix !

Elle avait ouvert de grands yeux effrayants.

— Je savais que vous n'accepteriez pas, dit Longo en se levant et en quittant la caverne. Je savais ! C'est à cause de mes oreilles, n'est-ce pas ? Les femmes ne m'aimeront jamais !

Il descendit au village et passa le plus clair de son temps à regarder les enfants jouer. Chaque fois qu'il en rencontrait dans une ruelle, sur une place, devant une porte de grange, il les observait. Les enfants s'arrêtaient quand ils le voyaient, parce que de grosses larmes couraient sur ses joues et qu'il ne faisait rien pour les essuyer.

L'ALERTE

Le lendemain, Longo se leva au petit jour. Il prit le plus grand de tous les paniers en sa possession et l'emplit de coquetendres, de haricots, de miel, de confiture de piquemaline, de briches de pain, de noix, de crème, de fromages, de jus de grappine, de viande séchée d'outrecorne, d'un reste de civet de grignotin et d'un jambonneau de saligoret. Il avait acheté une partie de ces victuailles, volé le reste et caché le tout sous un cageot dans la caverne annexe qui servait de réserve.

Puis il enfila son pantalon en poil de rousquin noir des montagnes, ses bottines de marche, se jeta une peau de panurge sur les épaules et monta dans la falaise. Le beau temps s'était installé depuis plusieurs semaines sur la terre des Francisques, mais les matinées étaient encore fraîches, et il fallait une bonne heure pour arriver au refuge de Kallysten. Il se glissa dans la faille, déboucha dans la vasque de pierre qui avait été en partie débroussaillée, et attendit.

– Kallysten ?

Perchée sur le rebord de la muraille, au-dessus de l'entrée, une pie lui répondit. Le vent sifflait entre les pierres et il serra contre lui la peau de panurge.

– Kallysten ?

Il s'assit. N'avait-il pas sué et transpiré pour monter ce panier de victuailles ? Devant lui, le terrain avait été débroussaillé, et une parcelle de terre retournée comme pour en faire un minuscule potager.

– Kallysten ?

Un instant, il se demanda ce qu'il deviendrait si la fille du Nord devait partir. Serait-il le même qu'avant ? Pour différer la réponse, il cueillit quelques baies de piquemaline encore vertes et les croqua, avant de les recracher. Dans le ciel, une nuée de noirplanants, sortes de corneilles très rapides et à large envergure, dérivaient en croassant vers le Nord. Il les regarda longtemps.

Enfin il pénétra dans la caverne. Le sac de peau de chèvrebique était toujours là. Un bruit de branches froissées annonça la jeune fille qui revenait de la source. Elle avait de la terre sur ses habits.

Il eut un soupir de soulagement.

– Bonjour, Kallysten !

Comme il s'était avancé, elle s'essuya les mains sur son pantalon, lui passa les bras autour du cou et l'embrassa, toute fraîche et parfumée des odeurs vertes du haut plateau. Puis, admirative, elle s'accroupit auprès du panier débordant.

– Hé là ! Je n'ai rien d'une ogresse et vous m'avez assuré les vivres pour au moins huit jours !

Il hésita, jouant avec un lacet de sa peau de panurge.

– J'ai dû vous froisser, hier.

– N'en parlons plus !

– Au contraire, Kallysten, j'ai réfléchi. Je ne peux pas vous proposer une vie tranquille dans les gorges du fleuve Espérance, puisque votre idée est de courir à travers le monde. Mais je peux partir avec vous et vous aider, si vous le désirez.

Kallysten se mit à rire et se pendit au cou de Longo.

— Vous êtes un gentil garçon.

— Et vous, vous êtes gentille de me dire des choses agréables et de me faire ces baisers-papillons, mais ça me fait du mal.

— Pourquoi ?

— Parce que j'aurai du regret quand vous partirez.

— Ce n'est pas pour tout de suite. Votre père a des oreilles comme ça ?

— Je n'ai pas de père.

— On ne vous a jamais parlé de lui ?

— Jamais.

— Tiens, c'est curieux ! Et la personne chez qui vous vivez, c'est vraiment votre mère ?

— Oui... Pourquoi ?

— Vous en êtes sûr ?

— Mais oui !

— A-t-elle des oreilles comme les vôtres ?

— Non. Vous me trouvez laid ?

De l'index, elle lui pressa le bout du nez.

— Longo, vous êtes amoureux.

— Non.

— Gardez secrète ma présence ici. Si vous y parvenez, je peux vous dire que vous aurez un rôle important à tenir dans les affaires du Grand Cercle, oui, vous, et que votre nom sera béni et connu de tous.

— Vrai ? Même avec mes longues oreilles ?

— Ces longues oreilles deviendront célèbres. Les chantres en diront l'histoire, et elles attireront le respect.

— Comme ce garçon parti en guerre contre le

monstre dans la vallée des Esprits ? Comme Benjamin ?

– Exactement.

– Alors, je vous promets d'essayer. Je peux vous demander quelque chose ?

– Volontiers.

– Racontez-moi la suite de La Vallée des Esprits !

– Je ne m'en souviens plus très bien. Benjamin était arrivé au temple qui se trouve au fond de la vallée. Là, il fut accueilli par Olofromidès, le prince des démons. Nul ne sait combien de temps dura la bataille. Olofromidès était une sorte de dragon gigantesque. Tout ce que je peux dire, c'est que l'épreuve fut terrible. C'était l'épreuve du choix.

– Comment cela ?

– Olofromidès lui donna une lune de bronze grosse comme la tête d'un homme, et lui dit de choisir entre la destruction et la sauvegarde de cette lune. C'était la lune de la Connaissance, qui contenait le secret de la fondation du Grand Cercle.

– Que fit Benjamin ?

– Il la sauvegarda. Le dragon entra alors dans une grande colère.

– Il crachait le feu comme ceux de la montagne qui est au nord de la Providence ?

– Il était capable de cracher le feu. Mais il ne pouvait le faire à l'intérieur du temple sans se brûler lui-même. Il tenta donc d'intimider Benjamin pour le contraindre à sortir et le consumer dans la forêt. Benjamin avait deviné. Il ne sortit pas. Il essayait de se cacher dans un trou de souris. Au milieu du temple pyramidal, il trouva un puits d'eau claire. S'étant penché, il y laissa tomber sa boule. Il plongea dans le puits pour la rattraper. Hélas, ce puits n'avait pas de fond. Au fur et à mesure qu'il descendait, la boule tombait devant lui et grossissait. C'était comme un astre à l'intérieur du Grand Cercle, la demeure de la déesse Altarifa. Benjamin, descendant, descendant, arriva au fond de la montagne, dans le ventre du monde, où se rejoignent tous les puits magiques.

— Et après ? demanda Longo, suspendu aux lèvres de Kallysten.

— Après, nul ne sait ce qu'il est devenu.

— Il n'a pas rattrapé cette lune ?

— Je ne sais pas. Il a peut-être trouvé la déesse et il vit avec elle au centre de la terre. Il est peut-être prisonnier. Il est peut-être mort !

— Alors on ne sait pas la fin ?

— Mais si ! La fin, c'est que Benjamin a disparu, tout simplement. Quand elle me racontait cette histoire, ma mère disait que le héros devait dormir au centre du monde, dans une boule de glace, tenant dans ses mains, sans l'avoir percé à jour, le secret de la fondation du Grand Cercle, que les hommes ne connaîtraient jamais.

— C'est une belle histoire ! murmura Longo.

Il était arrivé presque en bas de la falaise, tout excité à l'idée du rôle qu'il serait peut-être amené à jouer s'il parvenait à garder le silence, lorsque, se retournant, il aperçut deux silhouettes descendant de la montagne. Il remonta à leur rencontre.

– Alcazar ! Fleurimiche !

Les deux garçons, ébouriffés, déchirés, livides, se précipitèrent sur lui.

– Longo ! cria Fleurimiche. Où est la patrouille ? Nous ne l'avons pas vue !

– Il se passe des choses terribles, là-haut ! renchérit Alcazar qui n'arrivait pas à reprendre son souffle.

– Quoi ? Qu'est-ce qui vous est arrivé ? bredouilla le fils de Junon la Pédauque.

– Il y a, haletait le grand, que La Providence va être envahie. La patrouille que tu as envoyée a dû se perdre.

– Ou alors, dit Alcazar, elle a été victime de ces géants... Il y en a toute une armée juste au-dessus de nous, avec de terribles machines de guerre !

– Les noir-vêtus à casques avec mille pointes ?

– Oui ! Et quelques poignées de ces hommes qui ressemblent à des flammes. Notre chef de guerre a été choisi ?

– Il n'y a pas encore de chef de guerre, répondit Longo.

– Mais, quand tu les as prévenus, en rentrant, ils ont bien envoyé la patrouille, non ?

– Quelle patrouille ? demanda Longo.

– Quand tu as donné l'alerte, dit Fleurimiche, ils n'ont pas envoyé de patrouille pour nous rechercher, comme on fait d'habitude ?

– Mais... mais... bégaya Longo. Je... je n'ai pas donné l'alerte !

Les grands garçons se mirent à hurler.

– Quoi ?

– Tu as laissé faire ?

– Je... je ne savais pas que vous étiez en danger...

– C'est pas possible ! gémit Fleurimiche. On attendait une aide du village pendant qu'on était cachés dans la montagne, en train de ruser pour échapper aux uns et aux autres, pensant que tu aurais fait envoyer les secours !

– Quand on n'a rien vu venir, ajouta Alcazar, on a cru qu'il t'était arrivé malheur. On a même prié le Grand Formateur pour toi.

– Et te voilà en pleine forme, et le village qui mène sa petite vie comme si de rien n'était !

– J'ai pas donné l'alerte... pour éviter d'effrayer les populations, dit Longo, rouge de honte.

– Tu préfères qu'ils nous prennent par surprise ?

– Je ne sais pas. Ils ne veulent peut-être pas nous prendre. Ils l'auraient déjà fait, depuis le temps !

– Tu es fou, ou quoi ? Tu ne te rappelles déjà plus qu'ils ont failli nous tuer ? S'il n'y avait pas eu les flambants, tiens ! Et regarde ma chemise... Elle ne fera pas une autre noce.

– Bah ! Nous sommes sains et saufs, c'est l'essentiel.

– Et la fille ?

– Quelle fille ?

– Comment quelle fille ? Celle qu'ils ont essayé d'enlever. Tu l'as entraînée avec toi. Qu'est-ce qu'elle est devenue ?

– Je ne sais pas.

– Elle est descendue au village ?

– Je ne crois pas.

– Elle est repartie dans la montagne ?

– Je ne sais pas. Oui, peut-être... Oui, c'est ça, elle est repartie.

– Tu mens, Longues-Oreilles.

– Je mens pas....

– Qu'est-ce que tu fais avec ce panier ?

– Je me promenais.

– Avec un panier à linge ?

– C'est pour aider ma mère au lavoir.

– Il y a un lavoir dans la montagne, maintenant ?

– Ça se peut, dit Alcazar. Peut-être à la source de la vieille folle. Tu te rappelles, Fleurimiche, la vieille d'en haut ?

– Oui. Et dans ton panier à linge, il y a un reste de confiture, dit Fleurimiche. On règlera cette affaire plus tard. Gare à toi si tu te paies notre tête. Avec ce qu'on a vu, il faut prévenir d'urgence le vieux. Viens avec nous ! Tu y étais, toi, sur le haut plateau, quand on a failli être fusillés. Ça peut intéresser des gens.

A contrecœur, Longo fit mine de se ranger à leurs arguments.

Engelbert était assis sur sa pierre à l'entrée de sa caverne. Il écouta patiemment le récit embrouillé des deux rescapés.

– Peut-être que les magiciens ont repris leur sale jeu au-dessus de nos têtes, déclara-t-il en hochant la sienne. Chaque fois qu'ils le font, c'est la guerre.

– Quels magiciens ? Quels jeux ?

– Des mauvais magiciens qui ont connu l'époque de la civilisation, qui sont morts, et dont l'esprit hante parfois les grands de ce monde.

– Les esprits des légendes ? dit Longo, l'œil soudain luisant.

– Oui. Si ces esprits recommencent à se faire la guerre, nous allons en subir sous peu les conséquences. Le Grand Cercle changera une nouvelle fois de visage ! Si jamais la chose leur convient, à la place de nos prairies, ce sera bientôt le sable à perte de vue ! La Providence aurait dû s'armer, encore que dans cette guerre, nouvelle et pourtant ancienne, l'homme seul a plus de force que la multitude. Le plus grand est le plus petit et inversement. Mes enfants, souvenez-vous de cela.

Les garçons se regardèrent, pas trop certains d'avoir compris.

– Maître... Qui sont ces géants noirs au visage horrible ? demanda Fleurimiche.

– Je le sais, moi ! s'écria Longo. Ce ne sont pas des hommes, mais des ogs !

– Les ogs ? s'exclama Engelbert. Qui t'a dit cela ?

– Euh... Personne !

– Ils n'existent que dans les légendes, mon garçon. Non. Il s'agit de guerriers, certes puissants, mais néanmoins hommes, comme celui dont nous avons retrouvé les restes. Ces hommes sont manipulés par les rois, eux-mêmes manipulés par des esprits anciens qui les dressent les uns contre les autres.

Alcazar portait sur Longo un regard empli de suspicion.

– Qui t'a parlé de ces ogs ? demanda-t-il.

– Ma mère. Il y en a plein dans les histoires qu'elle raconte. Dans celles du Maître aussi...

– Eh bien, moi, je ne me serais jamais mis en

tête que les ogs pourraient exister, dit Fleurimiche. C'est bien du Longues-Oreilles, ça !

– Les ogs, les serrevolants, les domusses et autres créatures plus mauvaises les unes que les autres, aucune d'elles n'existe, sinon dans les légendes, dit Engelbert. Mais ce n'est pas une raison pour vivre dans l'insouciance la plus complète. La guerre qui nous menace est bien réelle.

– Et Monsieur Belles-Oreilles n'a pas jugé utile de donner l'alerte, depuis trois jours qu'il sait tout cela !

– Comment est-ce possible ? demanda Engelbert, tournant vers Longo un regard étonné. Comment as-tu pu manquer à cette règle si élémentaire de notre communauté ?

Le garçon baissa la tête.

– Je ne savais rien, Maître.

– De plus, il y a cette fille, ajouta Alcazar.

– Quelle fille ?

Ils racontèrent à Engelbert l'enlèvement manqué de Kallysten, et Longo laissa encore croire qu'il ignorait tout de ce qu'elle était devenue.

– Décrivez-la moi.

Ce que fit Fleurimiche, en détail. Il raconta aussi comment ils avaient eu la vie sauve grâce à l'intervention de ceux qu'ils appelaient les flambants. Engelbert restait perplexe. Il se caressait la barbe.

– Cette fille... cette fille... Je ne vois pas qui c'est. Les flambants ne sont autres que les Tuniques de Feu, l'armée des quatre rois d'Angnor. Les guerriers noirs sont les soldats d'Ypner, roi du Sud. Mes enfants, la guerre entre le Nord et le Sud a repris.

C'est une évidence. Et notre seul tort, voyez-vous, c'est d'être situés entre les deux.

Il restait prostré.

– Il n'y a rien à faire ?

– Rien de plus que ce qui est dans la légende de La Vallée des Esprits, qui est la reine des légendes. La guerre est sur terre, la fête est dans le puits. Il faut subir, ou délivrer la déesse de la fête.

– Où se trouve La Vallée des Esprits, Vénérable ? demanda Longo.

– Je n'en sais rien, mon enfant. Elle n'existe sans doute pas. C'est plutôt un lieu imaginaire. Un symbole. En ce qui nous concerne, s'il y a des bandits, pour notre sécurité mieux vaut s'armer et se réfugier dans les cavernes de secours que de courir après les légendes. Maintenant, allez-vous-en et laissez-moi réfléchir. Envoyez-moi Goémilo qui sait beaucoup de choses sur l'histoire et les coutumes de notre peuple, les Francisques.

Les deux grands garçons se retirèrent, mais Longo insista pour rester en compagnie du maître. Quand ils furent seuls, il prit la parole.

– Maître... Si on se trompait ? Si certaines légendes, celle de La Vallée des Esprits, par exemple, était vraie ? Il y aurait un secret caché quelque part. Peut-être même la déesse Altarifa ! Pourquoi je n'irais pas la chercher ?

Engelbert pouffa d'un petit rire silencieux.

– Toi, Longo ?

– Moi. Comme ce Benjamin l'a tenté, jadis, si j'en crois la version que vous nous avez racontée. Je suppose qu'il ne l'a pas trouvée, puisque les guerres continuent.

– C'est probable.

– C'est sans doute aussi la raison pour laquelle vous ne nous avez jamais raconté la fin de l'histoire.

– L'intelligence est sur toi, Longo.

– Alors, je peux y aller ?

– Mon enfant... Il n'est pas raisonnable de confondre légendes et réalité. Si je vous rapporte ces choses, c'est pour vous amuser, former votre esprit, peupler vos rêves. Mais je ne vous les raconte pas comme des événements qui ont existé, même si certains naïfs croient ici à la réalité de ces aventures. Pourtant, j'insiste à chaque fois : ce ne sont que légendes ! Aucune vallée proche ou lointaine ne recèle la paix. La paix est une question d'amour entre les hommes. Elle n'est pas un lieu, Longo, elle est partout pour celui qui veut... Les contes ont cependant leur utilité. Ce sont des gâteries que les mères utilisent pour garder un peu plus leurs enfants serrés contre leur sein.

– Je n'en crois pas un mot ! Cette vallée existe ! J'irai !

A ces cris, Engelbert se redressa. Son regard devint étincelant.

– Ta place est ici, galopin ! Je vais finir par me fâcher ! La Providence est menacée. Désormais, elle a besoin des bras de chacun. Il ne s'agit pas de fuir sous des prétextes futiles. Je te défends bien de t'en aller ! En voilà des façons ? Et ta mère qui resterait seule, qui se ferait du souci pour toi en te sachant perdu dans le grand monde ! Si tu veux courir, que ce soit après les jeunes filles dont certaines ne demanderaient pas mieux que de se laisser rattraper par toi avant un autre ! Et, cornes du diable, abandonne tes vains projets !

Longo était interloqué devant la soudaine colère du maître. Il réfléchit un moment dans le silence revenu, puis il prit poliment congé.

Pendant ce temps, Fleurimiche et Alcazar livraient à qui voulait l'entendre le détail de ce qu'ils avaient vu dans la montagne depuis les premiers instants. Dans l'après-midi, il y eut de grands rassemblements dehors et l'on discuta longuement.

On sonna le cor.

Goémilo, après une entrevue avec Engelbert, fit le point devant la foule rassemblée auprès du Grand Formateur sur les bruits divers qui couraient quant à la reprise d'une guerre et à l'anéantissement possible du village.

– Sois notre chef de guerre ! criait la foule. Il nous faut un chef de guerre ! Sois notre chef de guerre !

On lui apporta une épée, un casque, un bouclier, des jambières de cuir et une cotte de mailles. Le forgeron lui fit don de la meilleure pétoire du village, celle retrouvée sur le guerrier mort, et pour laquelle il avait déjà fabriqué quelques cartouches. La foule l'acclama. Tous s'accordèrent sur un point : effectuer immédiatement une battue pour retrouver la jeune fille et, accessoirement, vérifier si des soldats ennemis n'avaient pas pris racine dans les hauteurs.

Sans plus attendre, ils se dispersèrent dans la montagne.

LA GRANDE BATTUE

Quand il vit que la grande battue commençait, Longo ne prit guère plus d'une seconde pour décider de son avenir. Il déroba dans le garde-manger familial une saucisse sèche, un litre de liquefolle à trente-cinq degrés qui lui permettrait de lutter contre le froid, les plaça dans un foulard qu'il noua aux quatre coins, accrocha ce baluchon à un solide bâton, puis fourra sa fronde et trois galets dans sa poche et se précipita dans la montagne par le sentier des grappines, afin d'arriver à la caverne avant le gros de la troupe. En bas, on entendait çà et là les harangues, les ordres et les encouragements mutuels.

Éreinté, les pieds meurtris, haletant, suant, suffoquant, bavant, l'adolescent se retournait toutes les vingt secondes pour voir où en étaient les poursuivants. Ceux-ci avaient investi les trois chemins qui conduisaient sur le haut plateau et se préparaient à le prendre en tenaille. Enfin, titubant, il atteignit le couloir secret, et se glissa entre les parois.

– Kallysten ! Kallysten ! Vite ! Il faut fuir !

A l'entrée de la vasque, il s'arrêta, médusé. Les ronces avaient été fauchées, de grands trous avaient été creusés dans le sol, et la terre extraite formait un cône au milieu du cercle.

– Kallysten ?

La caverne était déserte. Le sac de peau n'y était plus. Ne restaient que la couverture et l'oreiller.

Longo s'assit sur la paillasse, la tête entre les mains, et se mit à pleurer.

Déjà il entendait, proches, les cris des paysans. Un moment, il pensa pouvoir se glisser entre deux rochers et passer inaperçu, mais la panique le poussa à s'enfuir dans le couloir et sur le chemin des grappines. Il courut vers le haut plateau.

Il n'avait pas fait dix mètres que Fleurimiche bondit d'un recoin de falaise et lui barra la route. Longo fit volte-face. Derrière lui, Alcazar refermait l'embuscade. Le grand Fleurimiche se jeta sur lui.

– On filait comme un grignotin, n'est-ce pas, Longues-Oreilles ?

– Non ! Je faisais les recherches, comme vous...

– Avec un baluchon ?

– Avec ce qui me plaît.

– Où est l'espionne ?

– Quelle espionne ?

– Celle que tu as entretenue au lieu de donner l'alerte ! On sait tout ! C'est une espionne qui vient d'Angnor. Elle t'a soudoyé, je n'ose penser comment, espèce de saligoret.

– Je n'ai rien fait de mal, pleurnicha Longo.

– C'est tout ce que tu sais dire, ajouta Alcazar. Tu t'expliqueras avec le conseil des Anciens.

– Mais... Vous n'allez pas faire ça, implora Longo. Dites... nous sommes amis !

– Nous ne le sommes plus ! cria Fleurimiche.

Les deux grands garçons l'accompagnèrent dans la descente. L'un lui avait pris son bâton, l'autre son baluchon. Et lui pleurait toutes les larmes de son corps. Les paysans étonnés regardaient passer cet étrange trio.

– J'apprends d'belles choses ! dit Junon quand il fut reconduit à la caverne familiale. Tu nourrissais une fille en cachette ?

Assis sur un tabouret, Longo baissait la tête.

– T'es prié d'rester ici pendant qu'j'suis sortie, sinon il t'en cuira. J'ai affaire avec le Maître. J'vas plaider ta cause d'vant les Anciens. Faut bien réparer tes cornifleries ! Aller avec des étrangères ! C'est bien toi, ça ! Comme si y avait pas assez d'jolies filles dans l'village !

Quand il fut seul, il se leva, s'approcha de la porte, écoutant les conversations des femmes qui s'étaient rassemblées ici et là sur le seuil de chez l'une ou l'autre, et il se sentit soudain très malheureux. Cette détresse lui donna faim et il grignota un bout de saucisse sèche qui traînait sur une étagère.

Junon la Pédauque lui avait confisqué le baluchon rendu par Fleurimiche sans le déballer ; elle s'était contentée de le poser près de l'évier. Il se saisit de la bouteille de liquefolle et la déboucha.

Il but, goulûment, reprit son souffle.

Ses lèvres têtèrent à nouveau le goulot. Le liquide s'agitait de grosses bulles tandis qu'il buvait.

Il posa le litre sur la pierre d'évier. La chaleur lui montait au visage. Un étrange bien-être l'envahit. Le soir tombait. Il s'épongea le front et leva les yeux vers la montagne.

– D'abord, j'ai rien fait, hoquetait-il.

Il se sentit la bouche pâteuse et but encore une rasade de liquefolle. Puis il sortit dans la ruelle. Il tituba jusqu'au jardin sacré et s'effondra plus qu'il ne s'agenouilla devant la statue du Grand Formateur.

– O cher Grand Formateur, Père des Providents...
J'ai rien fait de mal simplement que j'étais amoureux
et si c'est toi qu'as inventé l'amour et les baisers-
papillons, tu vas pas me le reprocher. Mais elle s'est
envolée. Je pars à sa recherche. Tu comprends ça,
toi, hein ? Faudra tout leur expliquer. O Grand
Formateur, je compte sur ta bonté.

Puis il se leva, se tenant le crâne à deux mains,
s'en alla, titubant, se cramponnant d'un arbre à
l'autre, essayant de gravir sans succès l'un des
sentiers qui menaient au plateau. Il ne put que
longer le fleuve par le chemin de halage. Le jour
avait déjà nettement baissé. On entendait les hommes redescendre de la montagne.

Quelques pas plus loin, Fleurimiche lui barrait la
route. Il l'aperçut en double à travers les vapeurs
de liquefolle.

– Bonsoir, Fleurimiche, dit-il aimablement.

– Qu'est-ce que tu fais là ? Tu t'es déjà sauvé ?
Décidément, tu as le mal dans la peau ! Rentre tout
de suite ! On va t'interroger. N'aggrave pas ton cas !

– C'est pas gentil, ça, Fleurumiriche, miche !

– Ma parole, Longo ! Tu es rond comme un
manche de pelle !

– T'aurais pas dû monter là-haut, Fleurichimichi.
La petite blonde, pas pour tes vilaines pattes !

– Qu'est-ce qu'elle t'a fait ? Raconte-moi, Longo.

– Oh ! ça se raconte pas, mon petit Fleuchirichi-
miche. C'est trop bon, les baisers-papillons !

– Les quoi ?

– Elle m'a fait des papillons.

– C'est un espionne ! Tu t'es laissé berner par une
espionne !

72

– Non que c'est pas une espionne ! C'est une chouette fille que j'aime ! Tu sais pas ce que ça veut dire, toi ! Et t'es un beau dégueulasse de l'avoir fait fuir en sonnant l'alerte, voilà !

– Et toi, qu'est-ce que tu es d'avoir laissé courir le danger au-dessus de nos têtes ?

– Maintenant, elle est partie ! Une fille comme ça, j'en retrouverai jamais ! Vous étiez jaloux ! Voilà ce que c'est.

Fleurimiche s'approcha, menaçant.

– Hé ! Reste où tu es, hein, s'écria Longo en sortant sa fronde de sa poche.

Il y logea un caillou et commença à faire tournoyer son arme qui murmura dans le vent.

– Range ça, imbécile ! dit Fleurimiche.

Et il tenta d'arrêter brusquement ce bras qui le menaçait. Longo fit un bond en arrière. Sa fronde sifflait.

– Laisse-moi passer, Fleurimiche. J'ai affaire dans le grand monde.

Personne à La Providence n'avait jamais reconnu d'exceptionnelles qualités au fils de Junon la Pédauque, excepté le tir à la fronde. Il manquait rarement sa cible.

– Arrête, voyons ! dit Fleurimiche, d'une voix soudain radoucie. Personne ne te veut de mal. Les espionnes connaissent des tas de secrets pour tromper les braves gens. C'est pas de ta faute.

La fronde tournait de plus en plus vite. Il faisait presque nuit. La lune apparut soudain, tirant de grandes ombres derrière les arbres.

– Réfléchis, mon petit Longo. Tu sais ce qu'il en coûte d'utiliser une arme en dehors de la chasse.

– Fallait pas, murmura Longo.

– Si tu lances ce galet, ils vont te juger, avorton !
Ils vont te condamner à mort !

– Je l'aimais, et elle est partie, dit Longo, dans
un hoquet. Moi aussi, il faut que je parte.

Alors, dans un geste désespéré, Fleurimiche bondit sur Longo. Le caillou siffla et frappa au front le
grand garçon, dans un bruit mat.

Fleurimiche s'immobilisa, comme stupéfait,
tourna la tête, ploya les genoux, s'effondra doucement sur la mousse en pivotant, brisant dans sa
chute quelques branches mortes. Affalé sur le dos,
il ne bougeait plus. Longo s'approcha. Il regarda un
moment cette masse au sol, et surtout les yeux
révulsés, le sang qui coulait sur le front. Ses lèvres
tremblèrent. Il se mit à proférer quelques paroles
inintelligibles, à pleurer, porta les regards ici et là.
Comme il n'y avait personne dans le sous-bois, il
fourra la fronde dans sa poche et, dégrisé, prit les
jambes à son cou, quittant le village par le chemin
qui bordait l'Espérance, en direction de l'Ouest.

Il courut, courut, sans reprendre son souffle, et
bientôt le village ne fut plus qu'un souvenir.

Il s'arrêta à une patte d'oie. Une route continuait
à longer le fleuve. L'autre s'écartait de la berge pour
serpenter, vers le Nord, le long des collines qui, en
cet endroit, rejoignaient le haut plateau de manière
moins abrupte que la falaise dans laquelle s'était
édifié le village.

Il monta dans le clair de lune. Vers minuit, il
accéda à un pré et, ayant trouvé une meule de paille,
s'y cacha au plus profond et finit par s'endormir.

LE SANGUINAIRE

Goémilo était un homme doux, calme, pondéré, grand ami d'Engelbert qui entrevoyait en lui un digne successeur. Il était à peu près l'opposé de ce que les belliqueux et chicaneurs en tous genres pouvaient espérer comme chef de guerre. Sa renommée s'était forgée autour des bonnes tables et au fond des meilleures caves, son jugement gastronomique s'avérant sans défaut, et surtout sans appel. Ses longues moustaches et sa barbiche poivre et sel ajoutaient à son autorité naturelle.

Ayant constaté l'échec de la grande battue et appris la fuite de ce bon à rien de Longo, fils de Junon la Pédauque, il s'était senti soudain inquiet. Couché tard dans la nuit, tout habillé, sa pétoire au pied du lit, il fut secoué par Poléon Fleurimiche, dont le fils venait d'être retrouvé à l'agonie. Il donna quelques ordres et s'endormit peu avant l'aube, le front ridé par les soucis.

Une heure plus tard, réveillé par les chants des oiseaux, et comme il descendait avec des fleurs jaunes sur la place sacrée dans la brume du petit jour dans l'espoir d'amadouer le Dieu, cet homme s'arrêta épouvanté, se frottant les yeux pour tenter de chasser une image qui persistait sous son regard incrédule.

Au pied de la statue du Grand Formateur, piétinant un parterre de riches offrandes irrémédiablement gâchées, l'attendaient, comme pour rendre les honneurs au nouvel élu, dix géants vêtus de noir, casqués de bols métalliques hérissés de nombreuses pointes, armés jusqu'aux dents de poignards, de flingots, d'inquiétantes besaces regorgeant d'outils pointus, tranchants et contondants, montés sur de fougueux galopants qu'ils retenaient à grand-peine. L'homme qui commandait ce détachement, plus petit, à l'apparence plus humaine, fit avancer sa monture jusqu'à Goémilo et le toisa.

– On prétend que c'est toi le chef de guerre de cette tribu, dit-il d'une voix grave, caverneuse, qui montait des profondeurs de la terre.

– Oui, couina Goémilo.

– Mon maître, le roi Ypner, roi de tous les Francisques, vient lever l'impôt qui lui revient. Voici la mesure : chacun son poids de céréale, chacun son poids de grappine, chacun son poids de viande salée ou séchée, chacun trois briches cuites au four à bois, chacun sa demeure et un bon lit pour le temps de notre passage. Faites vite ! D'aucuns l'appelant le Sanguinaire, notre roi honorera ce nom. Toi, le chef, tu seras pendu à titre d'exemple si la camelote n'est pas rassemblée avant midi.

Sans attendre la réponse, le cavalier leva son flingot, tira en l'air une quadruple salve et disparut dans la brume avec ses compagnons. Goémilo resta seul sur la place, la gorge nouée laissant échapper, dans un entrefilet de voix :

– Ypner ! Ypner de retour ! Me faire ça à moi...

Une dizaine de coups très violents à la porte réveillèrent Junon la Pédauque.

– Un instant... J'suis pas présentable ! cria-t-elle.

Les coups redoublèrent. Débâclant le volet de bois, elle sursauta dans le rai de lumière. Un de ces géants noirs la contemplait sur le seuil. Toute l'horreur du monde lui grouilla dans les tripes.

– Ben quoi, qu'est-ce qu'y a ? maugréa-t-elle dans sa robe de chambre en chèvrequin rose. Qu'est-ce que vous m'voulez ?

Émettant un gargouillis en guise de rire, le géant s'effaça. Apparut, précédant une patrouille de dix ogs, le roi Ypner en personne, vêtu d'une toge rouge sang descendant jusqu'aux chevilles, qui s'ouvrait, malgré une chaînette d'argent, sur un costume compliqué dont on ne voyait que les cordons, les boutons et la passementerie, où la couleur verte dominait. On lui comptait un bijou à chaque doigt et il tenait à la main un sceptre d'or.

– Salut, la Pédauque ! dit Ypner. Me revoilà ! J'aime bien frapper à cette porte. Ton lit est-il toujours aussi confortable ?

– Vous ! murmura Junon.

– Moi. Depuis mon dernier passage, l'eau a coulé le long de la rive. Je ne te croyais pas encore si jeune.

– Merci bien du compliment, bond'là ! Mais qu'est-ce que vous voulez ? Notre or ? On n'en a pas. Not'blé ? Nos bêtes ? Ou not'peau ?

– En ce qui te concerne, ce serait plutôt ta peau. Mais je ne suis pas venu pour cela. Il paraît que tu as un fils.

Elle recula d'un pas.

– C'est pas vrai ! Mensonges et filoutages ! Qui vous a dit ça ? J'ai jamais eu d'fils ni rien qui r'semble à ça.

– Je me suis renseigné, vieille folle. Dis-moi où il se cache.

– Qu'est-ce que vous en feriez ?

– Un fils, voilà ce qui me manque le plus au monde. Tu n'imagines pas. Je possède désormais la plus grande armée du Grand Cercle, et je n'ai pas d'enfant. Donne-le-moi !

– Vous avez tous ceux que vous voulez, dit la femme. Pourquoi celui-là ?

Le roi éclata d'un rire gras.

– Pourquoi pas celui-là ? Il a une particularité qui fait que je m'y intéresse, tu dois le savoir. Allons ! Quinze ans d'absence, cela ne m'empêche pas d'être ton roi. Tout ce qui est ici est à moi. Ne fais pas la sotte. Dis-moi où il est.

Junon baissa la tête.

– Enfui hier soir. Il a fait trop de bêtises.

– Par où s'est-il enfui ?

– Est-ce que je sais ?

– Oui, tu le sais ! Dis plutôt que tu l'as caché ici, à La Providence. Je mettrai le village et la région à sac s'il le faut. Nous le retrouverons. Il est à moi !

Junon se laissa tomber sur une chaise.

– Y a quinze ans, Majesté, vous étiez plus agréable.

– Et toi moins entêtée ! Le monde aussi a bien changé, hélas ! Et si je remonte de Terre Première, c'est que je suis poussé par d'autres. C'est votre intérêt de m'accueillir proprement. Dans cette partie du Grand Cercle, je suis votre dernier rempart. Le Prince du Sud, celui dont il faut taire le nom, fait à nouveau des siennes. J'ai retraversé la mer sauvage devant lui et en son nom. Votre village m'est cher. Je veux l'épargner. Il n'en va pas de même pour le reste. Kelconkes, Austères, Angnor, ces régions tomberont. Alors donnez-moi un peu de briche, pour moi et pour mes troupes. Ce que je demande est peu. De quoi se nourrir quatre jours. Et ce fils, que tu me refuses, sait-il quelque chose sur moi ?

Junon haussa les épaules.

– Si vous croyez qu'on leur raconte ces aventures-là ? C'est pas de leur âge. Ils préfèrent les légendes.

Dans la matinée, de nouvelles escouades d'ogs ainsi que de nombreuses compagnies de soldats envahirent le village. Certains ramenaient prisonnières les patrouilles de surveillance envoyées par Goémilo. Les Providents n'osaient plus sortir. Embusqués derrière leur fenêtre, ils voyaient défiler l'ennemi par régiments entiers. C'étaient des troupes venant de tous les pays du sud du Grand Cercle, les Arbiens, les Ébénides et autres tribus inconnues, tous habillés de couleurs vives et casqués de cuir et de fer, brandissant des étendards bariolés portant en leur centre les couleurs du Sanguinaire : trois larmes de sang se détachant sur un cercle noir. Ces insignes se retrouvaient également sur leurs petits boucliers ronds, sur l'écusson de leur poitrine et dans leur dos.

Goémilo et ses hommes eurent toutes les peines du monde à réunir la rançon avant midi sur la place sacrée. Il donna des ordres pour que les enfants et les adolescents, soustraits à la population, soient rassemblés sous bonne garde dans l'une des principales cavernes-refuges, au-dessous des Loges-Hautes. Quelques bergers armés de pics, de lances, d'arcs et de frondes se déployèrent pour les protéger dans les chemins supérieurs de la falaise, sous le commandement d'un ancien brigand repenti, Médoc Jolijovial. Les Providents grognaient contre les Anciens qui n'avaient pas su prévoir, contre les patrouilles qui n'avaient pas su lire dans la campagne les signes d'une invasion prochaine. Poussés par Poléon Fleurimiche, ils maudissaient également un jeune garçon qui s'était enfui la veille après avoir hébergé aux Loges-Hautes une espionne, au lieu de donner l'alerte.

Bien malgré elle, Junon la Pédauque fut réquisitionnée pour nourrir le roi et son escorte, mais la population voyait là le signe d'une collaboration avec l'ennemi.

Vers midi, sous la pluie, le gros de l'armée d'Ypner défila par le chemin de halage. Quelques soldats attachèrent à des pieux leurs galopants sur la place sacrée. Ceux-là n'étaient que des hommes ordinaires, vêtus de peaux lacées et coiffés de larges chapeaux. Ils entraient dans les demeures pour être hébergés par l'habitant, accomplissant toutes sortes de violences, tandis que les ogs, les géants noirs à tête en pelote d'épingles, se préparaient à camper dans les prairies de l'autre côté du fleuve pour surveiller des machineries compliquées rangées en bon ordre sur la rive.

Ypner installa sa tente de commandement dans le jardin sacré, au pied de la statue, à côté du Feu Sacré qu'il respecta, ordonnant simplement de le réduire. C'était une pyramide de peaux, de toiles, de tapisseries multicolores où il dormait avec ses dix gardes du corps.

En fin d'après-midi, il fit rassembler les hommes et les femmes sur la placette et leur tint le même discours qu'à Junon, réclamant Longo le fuyard, menaçant la population de tracasseries et de représailles de toutes sortes, annonçant son rôle de défenseur de La Providence contre un ennemi impitoyable sur lequel il ne fournit aucun autre commentaire.

A la tombée de la nuit, dans sa tente, il s'adressa à Junon qui apportait une marmite de soupe pour les hommes du poste de commandement. Des messagers venaient de toutes parts et s'en retournaient, inlassablement, établissant des liaisons avec une armée qui paraissait considérable.

– Il te faudra collaborer de meilleure grâce avec moi, lui dit-il, au milieu de ses capitaines qui allaient et venaient. Une dernière fois, pourquoi me cacher ton fils ? Il connaîtra plus de gloire avec moi que dans ton trou à rats, au pied de cette falaise.

– J'ai rien à dire.

– C'est la guerre, reprit Ypner. L'heure vient où chacun doit savoir de quel côté il combat.

– Moi, j'lai toujours su ! dit Junon la Pédauque en redressant fièrement la tête.

Et elle sortit dans la nuit en direction de la caverne d'Engelbert. Personne. Elle monta à la caverne-refuge, y trouva une foule d'enfants effarouchés qui s'installaient pour la nuit. Ils avaient apporté avec eux un couchage et trois jours de nourriture. Engelbert, qui les occupait en leur racontant une très longue histoire, s'interrompit :

– Tout va bien, Junon ?

– Tout va bien, répondit la Pédauque en enjambant les enfants et en s'accroupissant près du vénérable. Tout va bien. Longo n'a pas reparu.

– Désormais, nous savons qu'il est un véritable homme libre, dit le vieillard. Nul ne peut dire où le conduira sa longue marche qui a commencé hier.

Il allait reprendre son récit lorsqu'il y eut soudain un bruit sourd dans les gorges, comme une déflagration, suivi de nombreux cris. Les enfants se dressèrent d'épouvante. Les bergers qui gardaient l'entrée de la caverne en écoutant le récit d'Engelbert se levèrent et disparurent sur le chemin.

Ayant rapidement compris qu'il s'était produit un drame dans le village du bas et pris de panique malgré les conseils, les cris, les rappels des adultes, les enfants sortirent de la caverne et se ruèrent dans les chemins de la montagne.

Le village entier hurlait d'épouvante. Fuyant devant un ennemi subitement devenu enragé et dont les hordes sauvages les pourchassaient à coups de matraque, les Providents s'étaient éparpillés dans les ruelles et les sentiers qui menaient aux jardins en terrasses adossés à la falaise. Si on les voyait dans la nuit, c'était à la faveur de l'intense lumière d'un incendie qui ravageait maintenant la plupart des cavernes basses, au bord du fleuve. Les enfants appelaient père, mère, frères et sœurs, dévalant le sentier des grappines. L'armée des géants noirs montait à leur rencontre avec des flambeaux par ce même sentier, ainsi que par le chemin des troupeaux, plus à l'ouest. Leurs files ordonnées formaient deux serpents lumineux qui se lovaient le long de la falaise. L'âcre odeur de brûlé se répandait jusqu'aux sommets.

A la terrasse des potagers, les enfants s'arrêtèrent.

– Nous allons être pris en tenaille ! s'écria Médoc. Il faut rebrousser chemin.

Ils refluèrent jusqu'à la caverne, la dépassèrent, essayant de se rendre sur les hauts plateaux où ils pourraient s'éparpiller dans les pinèdes de plantagenêts, en direction de la montagne des Dragons. Mais les ogs, rompus à ce genre d'exercice, les talonnaient. Leurs longues matraques courbes assommèrent les traînards dans un concert de hurlements. Les enfants tombaient en travers du chemin. Les ogs les piétinaient et couraient droit devant, pour en frapper toujours plus. Arrivés sur le haut plateau, les deux files de soldats se rejoignirent et se resserrèrent comme une nasse. Aveuglés, les enfants virent les flambeaux se rapprocher de tous les côtés. Ils se tassèrent au centre du piège. Leur nombre avait diminué de moitié. Dans la montée, les Providents ramassaient les petits blessés dont les ogs se désintéressaient, et dont on pouvait entendre les gémissements.

Puis les géants se tinrent immobiles, côte à côte, formant une prison circulaire, et il se fit un grand silence. Les flambeaux déchiraient la nuit. Personne ne bougeait. Les enfants n'étaient qu'un troupeau rassemblé sous l'orage.

D'autres flambeaux apparurent par le sentier. Une poignée d'ogs, armés de flingots, entouraient un homme barbu, couronné, en manteau rouge. Le roi s'approcha du cercle qui s'écarta pour le laisser pénétrer.

– Où est passé celui que vous appelez Longo ? demanda-t-il d'une voix calme. Allons ! Il ne peut être que parmi vous !

Personne ne le savait. Le roi se mit dans une grande colère, et les menaça. Alors Alcazar sortit des rangs.

– Il s'est sauvé hier, dit-il. Il nourrissait en secret une espionne et nous l'avions démasqué. Depuis, nous ne savons pas où il est.

– Une espionne ? ricana le Sanguinaire. Bon sang ne saurait mentir. Écoutez-moi tous ! Il me le faut demain à cette heure, ou ma vengeance sera terrible ! Je ne vous accorderai aucun délai.

L'escouade quitta le plateau comme elle était venue. Les enfants descendirent de la montagne. Déjà les incendies s'éteignaient sous l'action rapide des Providents qui n'avaient qu'à se baisser pour puiser l'eau dans le fleuve. Les gens couraient dans tous les sens, criaient, s'embrassaient dès qu'un enfant retrouvait les siens.

Dans la nuit, cris et lueurs s'estompèrent. Rentrés chez eux, les Providents commencèrent à se parler, puis ils se réunirent en assemblées plus nombreuses. Une faction se rendit chez Junon qui s'était barricadée en compagnie d'Hector.

– Ouvre, Junon ! criait Poléon.

– Si ça me plaît, bond'là !

– C'est ton fils qui a amoché le mien. Quelqu'un l'a vu.

– C'est pas vrai ! hurla la Pédauque derrière sa porte.

– Ouvre ! Il faut régler cette affaire ensemble

avant de la confier aux envahisseurs. Personne n'y gagnerait.

La femme apparut dans l'entrebâillement.

– Qu'esse que c'est qu'c'te bande-là ?

Ils la bousculèrent et se ruèrent dans la caverne.

– En voilà des manières ? hurlait la femme. Trouvez pas qu'ça suffit, ces cavernes qu'ils nous ont brûlées ?

– La tienne est encore intacte, fit remarquer Poléon. C'est la seule, curieusement.

– Curieusement ? Qu'esse ça veut dire, des fois ?

– Ça veut dire qu'elle connaîtra le même sort si tu ne me dis pas où est ton fils.

– Quelque part dans le Grand Cercle, bond'là ! Vous savez c'que c'est qu'les jeunes ! Ça va où ça veut sans même prév'nir sa pauv'mère !

– Écoute-nous, vieille folle ! Que tu fasses la soupe pour les hommes du Sanguinaire, ça te regarde. Mais tout un village pour un gamin, c'est trop cher payé, même si c'est le tien. Donne-nous une indication, même la plus petite. Allons ! Je t'attends chez moi !

LA LONGUE MARCHE COMMENCE

Le matin de cette même journée, tandis que Goémilo se démenait pour rassembler le tribut à payer au roi Ypner, Longo se réveilla aux alentours de midi. Un rayon de soleil lui arrivait en plein visage. Les dernières vapeurs de liquefolle avaient déclenché en lui une terrible migraine.

Le champ était désert.

Le garçon se dressa au milieu de la meule de paille, se frotta la tête à la recherche d'un souvenir précis justifiant sa présence en un tel lieu. Il se rappela sa course dans les chemins de la falaise, la caverne abandonnée par Kallysten, puis... plus rien.

C'était suffisant. Il savait qu'il était parti à la recherche de la jeune fille et des baisers-papillons. Sans doute était-elle retournée vers le Nord, son pays d'origine, quitte à abandonner Longo au Sanguinaire en échange de la paix, ayant compris que le village s'était lancé à sa poursuite et supposant qu'elle n'avait rien à attendre d'aucun Provident. Le garçon était décidé à lui prouver le contraire. Il avait l'intention de monter à son tour vers le Nord, aussi loin que possible.

Chaussant ses godillots de peau d'outrecorne, il se mit en route courageusement en direction des montagnes des Dragons qu'il espérait atteindre avant la tombée de la nuit. Hélas, il avait mal calculé. Plus il avançait, plus les montagnes se révélaient éloignées. Il marcha tout le jour à travers les ronciers et les hautes herbes, peinant, suant, se nourrissant de baies sauvages et d'une truite attrapée à la main dans un ruisseau, le regard toujours levé vers le relief inaccessible.

A la fin de la journée, il n'avait parcouru qu'une distance ridicule. Les montagnes ne s'étaient pas rapprochées d'un pouce, et il lui semblait errer sur les terres de son enfance. Tombant de fatigue, il aborda un hameau de l'extrême nord de La Providence. N'osant s'en approcher, il avisa une meule de foin et s'y fit un nid pour le reste de la nuit.

Il fut réveillé au petit jour par un bruit de galop sur le chemin. Il entendit aussi une conversation. Une subite intuition le poussa à quitter sa meule et à se réfugier au sommet d'un sorberose. Peu après, trois paysans arrivèrent sur de rapides galopants. Se penchant entre les branches, Longo reconnut d'abord le père Fleurimiche tenant une corde lovée en bandoulière. Le second était Laboustife Trottemenu, un commis d'Oscar le forgeron, et le troisième... le troisième n'était pas un Provident, mais un soldat armé d'un flingot à quatre canons.

– Puisque je vous dis que je l'ai vu dans les parages, insistait Laboustife. D'autres m'ont dit qu'il courait à travers champs sur les hauts.

– En tout cas, regardez ! dit Poléon Fleurimiche. Quelqu'un a dormi dans cette meule de foin. C'est encore chaud.

– Ouais, ajouta le soldat. A qui est ce champ ?

– Ça, c'est pas mon affaire, dit Laboustife. Moi, je l'ai vu rôder ici, un point c'est tout. J'ai droit à la récompense.

– La récompense sera donnée quand le gamin sera

retrouvé, grinça le soldat. Et il est de votre intérêt qu'il le soit bientôt, sans quoi mon maître vous fera la peau. Pas de quartier. Vous savez quel prix nous attachons à la capture de cet espion.

– Moi, je ne sais qu'une chose, dit Poléon. Il a esquinté mon gars, et je suis pas près de l'oublier. Je ne dormirai pas tant qu'il n'aura pas reçu une bonne rossée. Vous pouvez compter sur moi.

Ils s'éloignèrent dans les champs tandis que Longo restait longtemps immobile sur sa branche. Un sang glacial lui parcourait les veines. Maintenant, tout lui était revenu en mémoire. Sautant de l'arbre, il courut à perdre haleine vers le Nord, encore et toujours du côté des montagnes aux Dragons. En se détournant un peu vers l'Ouest, au milieu des collines, il espérait atteindre la forêt et s'y glisser à la faveur de la nuit. L'herbe était grasse dans la région. De grands troupeaux d'outrecornes dérivaient lentement sur les hauteurs au son des clochettes.

En fin d'après-midi, il trouva un terrain plus accidenté et parsemé de pleuristènes. Les arbres se faisaient plus denses. La forêt s'annonçait. Çà et là le sous-bois avait été entretenu et les taillis coupés, mais il restait de nombreuses plages à l'abandon. Il pressa le pas.

Les branches craquaient sur le sol autour de lui. Il tressaillait à chaque bruit, se demandant s'il en était la cause, se croyant parfois observé, poursuivi. Quand il s'arrêtait brusquement, un bruit de pas continuait une fraction de seconde dans son dos. La peur s'était emparée de lui. Il haletait.

A la tombée de la nuit, il se laissa choir sur un

tapis de mousse et sombra aussitôt dans un profond sommeil.

Une douleur dans la cuisse gauche.

Il sursauta, ouvrit les yeux. Un coup de botte au même endroit.

— Lève-toi !

Il se dressa. Des hommes l'entouraient dans la pénombre. Quelques flambeaux épars ne suffisaient pas à lui désigner les brutes qui maintenant s'acharnaient. Il se leva sous une volée de coups.

— Suis-nous et viens réparer tes fautes.

Il reconnaissait cette voix. On le saisit par les bras. Plus il s'agitait, plus il recevait de coups dans les jambes, dans les côtes.

Il y avait là Alcazar, Olidin, quelques grands garçons de La Providence. On le tirait, on le poussait. Ils étaient bien une dizaine. Ils avançaient à vive allure et Longo suivait, sans cesse bousculé et meurtri.

— Qu'est-ce que tu as fait à Fleurimiche ? cria Olidin.

— Rien ! J'ai rien fait !

— Cesse de mentir ! On t'a vu !

Longo pleurait.

— Laissez-moi ! Vous n'avez pas le droit !

— Et toi, tu n'as pas le droit de fuir. Le village est sous la botte de l'ennemi !

— C'est pas vrai ! C'est pas nous qu'ils veulent ! C'est...

— Qui ?

— La fille.

— Imbécile ! Depuis deux jours la Providence est complètement envahie. Des milliers de soldats. Le

Sanguinaire a installé sa tente sur la place sacrée. Ta mère lui sert la soupe. Il désire te parler.

– A moi ?

– Oui. Sois tranquille, Longo. S'il ne t'avait pas réclamé, tu serais déjà à la glissière ! Après ce que tu as fait !

– C'est pas moi !

La glissière était un trou sur les hauts de la falaise par lequel on jetait les condamnés de droit commun après un jugement sommaire. Ils glissaient dans un étroit boyau qui les conduisait au centre de la terre et l'on n'entendait plus jamais parler d'eux.

Ils marchèrent presque toute la nuit. Quand ils abordèrent La Providence, Longo vit avec stupéfaction les bivouacs de l'armée des ogs dans les champs avoisinants et aux angles des ruelles dans la falaise. Ses yeux s'écarquillèrent davantage quand il défila devant les cavernes du bas qui avaient été incendiées. La petite troupe qui le conduisait passa devant la demeure de la Pédauque, la seule intacte, mais ils ne s'y arrêtèrent pas. Longo devina la porte qui s'entrouvrait et se refermait après son passage.

Une étroite caverne avait été aménagée en prison, un peu plus bas, et Oscar avait forgé une grille. C'est là qu'ils le jetèrent et l'enfermèrent.

Le jour se leva. Longo comptait ses plaies, ses bleus et ses bosses. Quelques badauds vinrent l'observer comme une bête curieuse, car la prison donnait directement sur l'extérieur. Peu avant midi, deux ogs se présentèrent à la grille et le sortirent sans ménagement. Il se demandait si ce n'était pas un de ceux-là qui l'avaient rudoyé sur le haut plateau, le jour de l'enlèvement manqué de Kallysten. Ces monstres se ressemblaient tous.

On le conduisit à la tente plantée au milieu du champ sacré, près du feu ancestral. Sombre, elle ne renfermait qu'un trône couvert de toiles bariolées, vers le fond. Les deux ogs se tinrent immobiles face au trône, Longo entre eux.

Peu après, la porte de toile bougea et en dévoila une autre sur la droite. Une escouade d'ogs fit son entrée et se plaça de part et d'autre du trône. Cinq et cinq. Face à Longo.

Toute la nuit, le garçon avait tenté de se faire une image du Sanguinaire. Il avait imaginé un monstre fumant et rugissant, peu en accord avec l'homme rondouillard, barbu et jovial qu'il découvrit soudain poussant la tenture et s'asseyant sur le trône.

Ypner considéra longuement l'enfant, sans bouger, puis il dit :

– Est-ce donc toi, Longo, le fils de la Pédauque ?

– Oui.

De nouveau un silence. Le sourire effleurant les lèvres du roi inquiétait l'adolescent.

– Pourquoi t'es-tu sauvé ? demanda Ypner d'une voix douce.

Le garçon hésita.

– A cause d'une bagarre.

Le roi sourit.

– Les Fleurimiche demandent réparation. Ils veulent un procès. Désormais, la justice ici, c'est moi. Alors je vais te juger.

Longo tressaillit.

– Toutefois, ajouta Ypner, on ne juge pas le fils du roi.

– Du roi ? murmura Longo, levant les yeux sur le barbu en manteau rouge, dont il admirait, à sa honte, les bagues rutilantes.

– Du roi. Considère-toi comme mon fils. C'est ta seule chance.

Longo ressentit un grand trouble dans tout son être. Dès lors, il regarda l'important personnage avec des yeux différents. Ypner était certes un brigand de légende, mais il sembla au fils de Junon qu'un sentiment nouveau naissait en lui, et il se demandait si c'était bien ou mal.

– Je serais votre fils, Majesté ? dit-il en tremblant. Moi ? Mais... Pourquoi ?

– Rien dans ce bas monde n'est une certitude, dit le roi. Mais à priori rien non plus n'empêche que tu sois mon fils. Or, il me faut un fils. Un successeur. Mes longues guerres ne m'ont pas permis de me pencher en toute quiétude sur un berceau. Je ne suis pas le bandit que les vôtres haïssent dans vos légendes. Je vous protège. J'ai des droits, ici. J'ai connu ta mère jadis. Accepte-le, simplement.

Longo baissa la tête, ferma les yeux. Il imaginait Junon en compagnie de cet homme.

– Si tu acceptes, poursuivit Ypner, je t'emmène immédiatement. Tu ne peux rester aux mains de ce peuple, tant que sa colère n'est pas calmée. Si tu n'acceptes pas, je te livre à eux et leur rends justice.

L'image de Fleurimiche hantait encore Longo. Personne parmi ses pairs ne lui pardonnerait son geste, qu'il regrettait.

– Où voulez-vous m'emmener ?

– Loin d'ici, dans un pays où tu seras tranquille et heureux. Je vais t'apprendre les lois de la guerre et tu deviendras un grand roi après moi. Tu seras le nouveau Sanguinaire. Plus fort encore que moi !

Longo se mit à crier :

– Je ne peux pas ! Je ne veux pas !

– Allons ! dit le roi. Tu as la journée pour réfléchir.

Il le fit reconduire dans sa prison au bord du fleuve, et Longo n'eut ni déjeuner ni souper. Sur le chemin, les ogs devaient écarter les curieux, car il n'aperçut aucun Provident. A la tombée de la nuit, Junon vint lui rendre visite. Il se jeta dans ses bras en pleurant.

– C'est une grande misère, c'qui nous arrive ! dit-elle.

– M'man ! Le Sanguinaire est vraiment mon père ?

– Ne va pas croire des choses pareilles, mon enfant. Il se passe n'importe quoi dans la tête d'un roi.

Longo parut soulagé, bien qu'il eût le sentiment d'un léger regret, quelque part en lui.

– Il faut cependant que tu acceptes son marché, ajouta la femme. Il n'y a guère d'autre issue pour toi.

– Mais c'est un assassin M'man ! Il a tué, si tout ce qu'on dit sur lui est la moitié de la vérité !

– Tu n'es pas comptable de ses mauvaises actions, mais des tiennes.

Une fois de plus, Longo repensa à la fronde, à Fleurimiche qui s'effondrait devant lui. Il eut l'impression que cette image ne le quitterait jamais plus.

– Je ferai comme tu me dis, M'man. Mais ce sera dur.

– Songe que c'est dur pour nous aussi.

Peu après, Longo fut ramené devant le roi et il déclara devant témoins qu'il acceptait d'être reconnu pour son fils.

Dans la nuit, Ypner le fit sortir et marcha à ses côtés sur le chemin de halage. Les entourait une escouade d'ogs dont les torches éclairaient les sombres visages. Suivait un imposant bagage arrimé sur les flancs de trois galopants. Les Providents avaient déserté les ruelles. Longo, rongé par la honte, les devinait derrière leurs fenêtres, écartant un coin de rideau.

Il avança en silence toute la nuit. Quand le jour se leva, les ogs qui l'encadraient éteignirent leurs torches. On était déjà loin. Derrière, une importante fraction de l'armée du Sanguinaire s'était mise en route. A midi, Longo tomba d'épuisement. Le roi, le prisonnier et la garde personnelle s'installèrent en cercle dans un petit champ. Ils étaient une trentaine. D'autres ogs galopaient le long du fleuve, suivis des machineries, puis de cages de fer roulantes dans lesquelles Longo reconnut quelques enfants de La Providence. Ce défilé dura deux heures. Longo mangea de la viande séchée et des fruits ce qui, en guerre, était un luxe. Le roi, assis dans le pré sur un coussin doré, le regardait se nourrir.

Étant rarement sorti des gorges de l'Espérance, l'adolescent ne connaissait pas cet endroit. Les quelques chasses auxquelles il avait assisté ne l'y avaient jamais conduit. A l'opposé de la rive, le terrain montait en pente douce, puis plus accentuée jusqu'à devenir une colline abrupte parsemée de plantagenêts qui sentaient bon la sève, et de sorberoses. Longo regardait ce paysage verdoyant lorsqu'il vit des flammes s'allumer dans le pré ici et là. Les ogs rugirent et la troupe se leva pour s'enfuir. Des coups de feu éclatèrent. Les flammes couraient sur la pente et se rapprochaient d'eux en poussant des cris de guerre.

– Les Tuniques de Feu ! s'écria Longo en se dressant.

Les ogs tirèrent quelques coups de flingot et battirent en retraite, se resserrant autour de leur chef. Il semblait que les géants de guerre d'Ypner étaient incapables de résister, malgré leur machinerie, à une seule escouade de ces Tuniques de Feu dont ils avaient une peur démesurée.

Le roi avait à nouveau saisi Longo par la main, l'entraînant dans une fuite éperdue sous le couvert de la forêt. Au passage d'un tronc affaissé en travers du chemin, Longo glissa et tomba, échappant accidentellement à la terrible poigne. Se relevant, malgré une forte douleur au bras droit, voyant là un signe du destin et comprenant que cette chance ne se reproduirait plus, il s'enfuit dans la forêt en direction du fleuve et des Tuniques de Feu qui l'attendaient sur l'autre rive.

– Reste ici ! hurlait dans son dos le roi qui avait entrepris de le rattraper malgré le feu de l'ennemi. Mon fils ! Tu es mon fils ! Reviens ! Ne cours pas après ces chiens ! Tu n'as rien à attendre d'eux ! Reviens, Longo, tu auras tout ce que tu voudras !

Ayant assisté à l'échappée, les Tuniques de Feu avaient cessé de tirer et baissé leurs armes. De ce fait, une horde d'ogs s'avançait et les prenait pour cibles, pour couvrir le roi qui prenait des risques inconsidérés. Sa fuite conduisit Longo au bord du fleuve. Il se jeta dans l'eau glacée.

Tandis qu'il traversait le cours d'eau, luttant contre le courant, il entendait encore le roi.

– Reviens ! Reviens ! Je te retrouverai ! Et tu seras moins fier !

Mais la voix d'Ypner se perdit dans le grondement du fleuve. Transi, Longo s'activait pour gagner la rive. Enfin, aidé de deux Tuniques de Feu, il se hissa sur la berge opposée. Debout, trempé, dégoulinant, il regardait les deux soldats au costume étrange. C'était une sorte de peau qui changeait sans cesse de ton, variant du rouge au jaune, et il se demanda bien quel animal pouvait produire pareil cuir. Les soldats le tirèrent brusquement en arrière. Il y eut une nouvelle fusillade et, les flambards utilisant à nouveau leurs armes, l'armée du Sanguinaire se replia pour quitter la forêt.

Les deux Tuniques de Feu conduisirent Longo à leur capitaine, au milieu d'une clairière. Le chef, coiffé d'un chapeau à plumes blanches et vertes, le toisa du haut de son galopant.

– Qui es-tu ?

– Longo, fils de la Pédauque.

– N'es-tu pas l'un de ces paysans que ces bêtes ont rudoyés cette nuit ?

– Si.

– Que faisais-tu en compagnie d'Ypner ? Pourquoi n'étais-tu pas dans les cages de fer comme les autres enfants ?

– C'est lui qui m'emmenait.

– Par la main ?

– Oui. Il voulait me prendre pour son fils.

– Son fils ? Approche !

Longo s'avança timidement vers le galopant. Le chef tendit la main, lui souleva les cheveux.

– Tu mens ! dit-il. Tu n'es pas un paysan de La Providence. Tes oreilles te trahissent.

Longo rougit.

– Tu ne t'appelles pas Longo. Tu es Benjamin. Tu es un envoyé des Mauvaises Gens.

A ce nom de Benjamin, Longo resta muet un moment, la bouche entrouverte. La légende de La Vallée des Esprits le traversa en un éclair. Il bégaya :

– C'est... c'est pas vrai, monsieur. Je m'appelle Longo et pas comme vous dites. Montez au village, ils me connaissent. Ils vous le diront. Quant à ces Mauvaises Gens, c'est la première fois que j'en entends parler. Qui est-ce ?

– Une tribu qui n'existe plus. Sauf un.

– Je suis né au village, monsieur...

Le capitaine et ses lieutenants échangèrent des regards.

– Si tu es de La Providence, dis-moi où est la princesse. Nous ne l'avons pas vue dans les cages du Sanguinaire. C'est étrange. Nous avons dressé cette embuscade pour elle.

– Je ne connais pas de princesse, monsieur. Il n'y a rien de cela chez les Francisques. Nous sommes des paysans libres, monsieur. Le Sanguinaire se prétend notre roi et il ne l'est pas. Si seulement vous pouviez revenir à La Providence, monsieur, c'est pas loin d'ici. Les soldats et les ogs décamperaient du village ! Nous serions libres ! S'il vous plaît !

– Nous n'avons rien à faire dans cette partie du monde, sinon chercher la princesse d'Angnor.

– D'Angnor ? demanda Longo.

– Oui. Cela te dit quelque chose ?

– Non, monsieur, rien. Mais l'autre jour, sur le haut plateau, quelques-uns des vôtres nous ont libérés des ogs qui allaient nous tuer ! Les ogs ont peur de vous, c'est un fait ! Monsieur, je vous en supplie ! Venez délivrer notre village !

– Hé ! s'écria le capitaine. Tu es l'un de ceux à qui nous avons sauvé la vie ?

– Oui, monsieur.

– Alors tu es un fieffé menteur ! La princesse était avec vous ce jour-là.

Longo faillit prononcer le nom de Kallysten, puis se ravisa.

– Ça, une princesse ! Une vagabonde, monsieur !

– Elle est princesse en son pays. Nous avions rendez-vous avec elle et les ogs sont intervenus trop tôt. Nous avons tenté de leur arracher la jeune fille. Pendant le combat, un gamin l'a soustraite à nos regards. Je suppose que c'était toi.

Longo baissa la tête.

– Mille excuses, monsieur. Je ne pouvais pas deviner que vous la vouliez, ni qu'elle était princesse, quoique ça ne m'étonne guère. Elle fait trop de manières et possède des larmes d'or et une bien jolie bague. Mais elle est si belle !

– Il nous faut cette fille, galopin ! Retourne au village ! Ou n'importe où ailleurs !

– Ça ne servira à rien ! Il y a le Sanguinaire, monsieur, et les ogs ! Ils vont me reprendre !

– Débrouille-toi pour passer à travers leurs lignes ! Déniche la princesse et conduis-la ici ! Et n'essaie pas de nous tromper !

– Par pitié, monseigneur, implora Longo. Il serait plus simple de venir nous débarrasser des ogs et de ce maudit Sanguinaire ! Et ensuite, vous auriez celle que vous cherchez...

– Fais ce que je te dis et tu t'en trouveras bien ! Je te rends provisoirement la liberté. Nous aurons l'œil sur toi. Trouve-la, sans quoi, gare à ta peau !

Le capitaine éperonna sa monture et, suivi des autres Tuniques de Feu, abandonna un Longo désemparé au milieu de la forêt.

L'HOMME TRAQUÉ

Le vent se levait. Fierchênes et tropliers se balançaient dans un léger murmure et de temps à autre une branche morte cassait quelque part dans la ramure pour tomber sur la mousse. Ne voyant guère la nécessité de rentrer au village puisque Kallysten ne s'y trouvait pas, le fils de Junon monta vers le Nord pour rallier les montagnes des Dragons, reprenant ainsi son but initial.

Il sortit de la forêt et arpenta des collines où poussait une herbe de plus en plus maigre à mesure qu'on s'éloignait du fleuve. Là paissaient des panurges à lainage brun. Se méfiant des bergers, il contourna les troupeaux et se fixa pour mire la chaîne des montagnes des Dragons, imprécise dans la torpeur de l'après-midi. Évitant les sentiers et les champs à découvert, il progressait le long des haies et sautait comme un cabri de bosquet en bosquet.

Plusieurs craintes l'habitaient. Il pouvait à tout moment irriter les Tuniques de Feu qui le surveillaient et ne manqueraient pas d'intervenir s'il leur donnait l'impression de prendre la fuite. Il avait quelque chance aussi de tomber dans une embuscade tendue par les ogs d'Ypner qui devait avoir lancé ses troupes à sa recherche. Il courait en outre sous la menace d'une poignée de Providents déterminés à se venger de lui après l'affaire Fleurimiche. Enfin il n'ignorait pas que sa fuite causerait un grand tourment chez les Providents accusés par le Sanguinaire de le soustraire à ses recherches et sans doute victimes de représailles.

De plus, il n'était pas certain que Kallysten soit remontée vers le Nord, car les Tuniques de Feu l'auraient retrouvée.

Il s'assit sur un rocher dominant la plaine et se laissa aller au désespoir. Grande était sa solitude, maigres ses perspectives, et sa mère avec ses taloches, sa grosse voix, ses rodomontades et ses conseils lui faisait cruellement défaut.

A vrai dire, c'était bien la première fois de sa vie qu'il connaissait un tel désarroi.

Quand les idées noires se furent succédées dans son esprit, il découvrit que même les sources du mal peuvent se tarir, et il fut surpris de n'avoir versé aucune larme pendant tout ce temps-là. Le sourire de Kallysten, le doux souvenir des baisers-papillons le soutenaient, l'élevaient au-dessus du brouillard.

Il se leva, escalada la colline la plus proche, qui n'était que le contrefort d'une montagne plus importante. Le soir approchait. Toujours montant, il traversa un bois d'arbres à noël puis se retrouva au-dessus, sur des rochers.

Il porta ses regards vers la vallée. Le soleil déclinait. Dans la brume du soir, il aperçut le serpent clair du fleuve Espérance et son cœur se serra. Il se demanda s'il en reverrait un jour les rives, et dans quelles circonstances.

De l'autre côté du fleuve se dessinaient des carrés sombres parqués dans les champs qui avoisinaient le village, et il comprit que c'étaient les quartiers de l'armée du Sanguinaire. Un clairon sonna.

Tournant les yeux vers l'Est, il perçut une lueur

rougeâtre dans les hauteurs, parmi les pierres. Des soldats campaient là, invisibles aux troupes du Sanguinaire. C'étaient les Tuniques de Feu.

Longo monta encore dans la nuit qui s'étendait sur le Grand Cercle. Il aperçut trois chèvrebiques descendant un sentier. Un peu plus bas le berger les attendait, engoncé dans une laine de panurge et coiffé d'un petit chapeau de feutre vert orné d'une plume de picoulette bleue. Un moment, il eut peur de se montrer, mais comme il avait faim et froid, il se dit qu'il valait mieux tenter sa chance dans un lieu où la fuite était encore possible. Il courut à lui sur la pente.

– Salut, berger !

L'homme leva les yeux, le dévisagea.

– Salut, gamin ! Tu n'es pas de chez nous, toi !

– Non.

– Tu viens d'en bas, du village dans la falaise, hein ? On ne passe pas souvent par ici ! Allons, approche ! Ne crains rien ! Je ne vais pas te manger !

– Merci, dit Longo en risquant quelques pas. J'ai... été obligé de fuir les miens.

– Qu'est-ce qu'ils te voulaient ?

– Une sale affaire. J'ai blessé gravement quelqu'un... Et puis...

Il hésita, prit un peu de recul.

– Et puis... Vous n'ignorez pas ce qui se passe en bas, n'est-ce pas ? Les hommes du Sanguinaire... Je ne sais pas d'où ils viennent, ni ce qu'ils veulent. Ils ont envahi La Providence par milliers !

Tandis qu'ils parlaient, l'air s'emplit de bruits d'ailes et de croassements. Des nuées de noirplanants, oiseaux habituellement pacifiques, s'enfuyaient à tire d'aile. Le berger se leva soudain, fronça les sourcils, inspecta les collines à l'horizon de sa main portée en visière. Puis il se rassit.

– Qu'est-ce qu'il y a ? murmura Longo.

– Tu ferais mieux de passer la nuit chez moi, mon garçon. Il ne fera pas bon traîner dehors.

Longo sourit.

– Merci, berger. Mais les troupes du Sanguinaire sont redoutables. Rien ne les empêchera de monter ici.

– Il est tard. Elles ne viendront pas avant demain.

– Vous allez vous laisser envahir ?

– Nul ne peut les en empêcher.

– Il faut fuir !

– Où irions-nous ? dit le berger. Et nos bêtes ? Qui s'en occuperait ?

D'autres noirplanants passèrent, aussi pressés. Les chèvrebiques vinrent brouter juste dans le dos du berger.

– Rentrons ! dit-il.

Le chemin étroit et sinueux s'inscrivait dans des gorges. En bas coulait un ruisseau. Là aussi les hommes vivaient dans des cavernes. Le berger parquait ses bêtes lorsqu'il y eut dans le ciel un cri terrible, une longue plainte qui glaça d'effroi le fils de la Pédauque.

– Qu'est-ce que c'est ?

– Ce que je craignais, dit le berger. Ypner utilise les serrevolants.

– Des serrevolants ? Ça existe vraiment ? s'écria Longo.

– Ypner en possède. Ce sont des animaux redoutables. Il ne les envoie que dans des cas extrêmes, quand la cible est d'importance et qu'il doit agir rapidement.

Après avoir fermé l'étable à triple tour, l'homme invita Longo à monter le long de la muraille de pierre par une échelle de corde sur une vingtaine de mètres, jusqu'à une ouverture carrée taillée dans la roche où une paysanne les accueillit.

– Je te présente ma femme, Savira, dit le berger. Et moi je suis Sadac. Dire que nous n'avons même pas pris le temps de faire les présentations.

– Moi, c'est Longo, fils de Junon la Pédauque.

Savira était vêtue d'une ample robe rouge brodée de lisérés dorés et portait une coiffe de dentelle blanche.

Quand le berger eut à son tour pénétré dans la demeure, Longo put voir tournoyant dans le ciel de grands oiseaux noirs, semblables à des aigles, planant au-dessus des prés et des bois en contrebas. L'homme et la femme scellèrent à l'entrée de grands volets de bois, puis Savira alluma des chandelles.

La caverne était vaste et semblait se prolonger profondément dans la falaise. Mais comme elle était pleine à craquer de tout un mobilier en bois chevillé, d'ustensiles de cuisine et de bocaux de verre en grand nombre posés sur des étagères, elle paraissait étroite et on se demandait comment il était possible de dormir en ce lieu. Comme Longo regardait cela avec étonnement, Sadac désigna les bocaux alignés sur tous les murs de la pièce et qui contenaient des graines d'un grand nombre d'espèces. Il dit :

– Ne sois pas surpris. C'est notre secret. Tu as là devant toi tout un pays, une lande immense, avec ses prés, ses bois, ses forêts, ses fruitiers, ses légumes, mais ce pays est invisible à tes yeux. Il demeure encore dans sa semence. Pourtant, en quelque sorte, il existe déjà. Il est comme un enfant avant de naître.

– Et quand naîtra-t-il ?

– Je l'ignore. Certaines légendes disent qu'il arrivera un jour où notre monde sera dévasté. Ces plaines tranquilles, ces tendres collines deviendront un désert. Alors nous planterons ces semences.

– Qui vous a dit de le faire ?

– Qui ? Mais personne, mon garçon. Chacun de nous a un rôle à jouer dans le Grand Cercle. Sinon, pourquoi existerait-il ?

– J'ai aussi un rôle, moi ?

– C'est l'évidence même, dit Sadac.

A ce moment-là, il y eut un coup violent contre le volet de bois. Longo entendit encore ce cri terrible juste de l'autre côté de l'huis. Il tremblait de frayeur.

– C'est un serrevolant, dit le berger. Ils ont des becs terribles, plus durs que l'acier. Ces monstres vont nous hanter toute la nuit. Il y a une raison à leur présence, mais je l'ignore.

– Vous les connaissez ?

– Je n'en ai jamais vus. Mais c'est ainsi qu'on les décrit dans les légendes.

– Qui a envoyé les serrevolants ? demanda Longo.

– Le Sanguinaire. Il les tient d'un magicien. Peut-être l'esprit du Sud, qui vit dans la grande ville, en Terre Première. Mais ce peut être l'esprit du Nord tout aussi bien.

– Ils peuvent nous faire du mal ?

– Du mal, dis-tu ? Pire. Mais s'ils s'acharnent en ce lieu, c'est qu'il se passe ici quelque chose d'important, à moins qu'ils ne recherchent quelqu'un.

Sadac regarda Longo d'un drôle d'air.

– Je me demande qui ça peut être, dit doucement le garçon.

Il y eut un nouveau choc contre la porte, et le même cri à faire dresser les cheveux sur la tête.

– Ils insistent, dit Sadac. Et toi, ne nous caches-tu rien ? Ta présence inattendue dans les parages n'a-t-elle pas une autre explication qu'une querelle de gamins ?

Longo baissa la tête.

– Je ne sais pas, finit-il par répondre.

Savira apporta une soupe et ils dînèrent en silence. Un troisième choc secoua la porte. Les bocaux vibrèrent sur leurs étagères.

– Ils vont tout casser ! s'écria Longo, transi de peur.

– Sans doute, répondit le berger. A moins que tu ne parles. Quand je connaîtrai ton histoire, je te dirai ce qu'il convient de faire.

– Je suis à la recherche d'une fille appelée Kallysten, finit-il par avouer. Elle vient d'Angnor. Elle a les cheveux blonds et l'accent des enfants du Nord. Elle est belle, si vous voyiez !

Le berger et sa femme échangèrent un regard. De temps à autre, un serrevolant heurtait du bec leur huis. A chaque fois, Longo sursautait et gémissait.

– Gare à celui qui erre seul dans la montagne ! murmura Sadac.

Longo pensa soudain à Kallysten.

Vers la fin du repas, il y eut une recrudescence soudaine des coups portés contre les volets, et les

becs commençaient à passer au travers, comme des pioches au fer épais et courbe. Petit à petit les monstres déchiquetaient le bois. Longo se cacha parmi les bocaux. Après une attaque plus violente, le volet céda. Sadac avait sorti une vieille pétoire, et il fit feu sur l'assaillant.

Le serrevolant poussa un cri terrible et tomba. Longo eut juste le temps de voir deux grands yeux rouges comme des lampes qui s'éteignirent dans la nuit. Le seuil était envahi de grosses plumes noires. Un autre de ces terribles oiseaux se présenta à l'entrée et essuya une seconde décharge du flingot.

Il y eut d'autres coups de feu dans les collines. Les paysans de la Grande Quenouille se défendaient dans l'obscurité. Savira alluma un grand feu sur le seuil de sa caverne. Elle l'attisait à l'aide d'un soufflet de forge. Les oiseaux diaboliques criaient en passant devant l'entrée. L'un d'eux tenta d'entrer en force, mais son plumage s'enflamma et il tomba dans le vide comme une torche, dans une odeur de volaille flambée.

Puis ce fut le silence. Les sombres attaquants s'évanouirent dans la nuit. Sadac fixa un nouveau panneau de bois qu'il était allé chercher dans le fond de la caverne.

– Nous voilà tranquilles pour un moment, dit-il. Je crains fort qu'ils ne soient en train de préparer une seconde offensive. Ce serait désastreux. C'est mon dernier volet. Une si violente attaque a une explication. Sais-tu qui est Kallysten ?

– Une jolie fille, laissa tomber Longo. Certains prétendent qu'elle est princesse.

– Qui te l'a dit ?

Longo regretta sa phrase.

– Au village.

– Tu mens ! cria Sadac entré soudain dans une violente colère. C'est à cause de toi que nous sommes attaqués et tu mens !

Longo pâlit.

– C'est le chef des Tuniques de Feu qui me l'a dit.

– Que faisais-tu chez les Tuniques de Feu ? Ne me cache rien. Je les observe depuis plusieurs jours dans nos montagnes. Toi seul sais vraiment ce qui se passe ici. Pourquoi me le cacher ? Tu n'as pas confiance ? Que feras-tu dans quelques minutes, quand le serrevolant royal viendra te prendre dans ses griffes d'acier et qu'il te déposera aux pieds du roi ?

– J'avais échappé à Ypner.

– C'est donc toi ! grogna Sadac. C'est donc toi !

Le berger ne cessa de répéter cette phrase toute la nuit en tremblant. Savira le réchauffait à l'aide de couvertures.

Longo ne dormit que trois petites heures d'un sommeil agité, sur une natte au milieu du bric-à-brac, dans l'odeur du feu. Il n'y eut pas d'autre attaque de serrevolants.

Enfin, il vit naître le jour sous la porte. Sadac et Savira débâclèrent le panneau de bois et déroulèrent l'échelle de corde. Il faisait beau.

– Et les serrevolants ? demanda Longo.

– Partis ! dit Savira. Comme toi, tu dois partir. Ne crois pas pour autant qu'ils soient morts. Ils ont battu en retraite, peut-être même que leur but était simplement de s'assurer que tu dormais là. Les hommes vont monter de La Providence pour t'emmener. Ce n'est guère le moment de se répandre en bavardages. Bois ce lait chaud, prends cet en-cas pour la route, et fuis le plus vite possible vers le Nord. Quoique dangereuses, les montagnes des Dragons sont un bon refuge, si tu n'es pas trop poltron. Et ne te montre pas pendant la route ! Tu es désormais un homme traqué !

Longo obéit sans tarder. Remerciant le couple de bergers pour leur hospitalité, il descendit le long de la muraille, se retrouva dans le petit bois qui longeait le cours d'eau et prit la direction du Nord. Le hameau de la Grande Quenouille disparut à sa vue.

Il courait à travers les prés, escaladant et dévalant les pentes, traversant à gué les cours d'eau, ayant toujours en ligne de mire les boursouflures bleutées de l'horizon, les montagnes des Dragons, où il espérait se cacher à tout jamais.

Il y serait dans deux jours.

Quand le soleil fut au zénith, il s'arrêta à l'ombre d'un fierchêne pour manger de la saucisse. Un halètement rauque l'agitait en permanence. Les étoiles de l'épuisement dansaient dans ses yeux. Il se désaltéra à l'eau d'une source voisine puis, quand il se sentit mieux, ôta ses habits, les lava dans le ruisseau, et s'allongea enfin pour se reposer. Il faisait chaud. Une torpeur l'envahit. Il tenta vainement de réagir. De grands arbres noueux, menaçants, se dévoilèrent à ses regards, tandis qu'une musique aux notes graves emplissait l'atmosphère. Il se dressa. Une voix se fit alors entendre.

– Longo ! Si tu es vaillant, montre-toi ! Longo ! Reviens à La Providence et livre-toi ! Un village entier souffre le martyre à cause de toi !

Des fumerolles sortirent de terre. A travers cette

brume agitée, il crut discerner des serpents qui dressaient la tête ici et là.

– Reviens, Longo !

Une douleur vive à la tête le réveilla. Il retrouva le paysage ordinaire et le fierchêne auprès duquel il s'était imprudemment couché. Une branche lui était tombée dessus. Il se frotta le crâne.

Ses vêtements étant secs, il s'habilla.

Il se remettait en route lorsqu'il entendit le galop d'une nombreuse troupe. Grimpant dans un sorberose, il attendit.

Le souffle lui manqua. C'etait une escouade d'ogs. Ils étaient apparus sur une route en contrebas, qu'il avait jugé plus prudent de délaisser, ce dont il se félicitait maintenant. Il discerna d'abord les casques brillants, puis les soldats portant de petits boucliers ronds et noirs, avec, peintes en rouge sur chacun, trois larmes de sang.

Quand la troupe fut passée, il reprit son chemin, marchant à vive allure, se jetant dans les buissons ou grimpant aux arbres à la moindre alerte. Il contourna un village fait de huttes couvertes de chaume et dont il ignorait absolument l'existence. Il croyait avoir déjà quitté la terre des Francisques. Il se cacha dans les blés et observa les allées et venues des paysans pauvrement vêtus, dont les enfants couraient nus ici et là. Il envia leur insouciance.

A la tombée de la nuit, éreinté, il se choisit une litière de mousse à l'orée d'un bois et sombra dans le sommeil.

Un hennissement le réveilla en sursaut. Il faisait

grand jour. Deux galopants attendaient, immobiles au milieu du champ. Quelqu'un était en train de brosser les flancs de celui qui était le plus proche, mais il était caché par l'animal. Remuant tout doucement, évitant de faire le moindre bruit, Longo s'enfonça quelque peu dans le bois où il se tapit. Bientôt, les deux galopants furent conduits hors de son champ de vision. Il allait se redresser pour fuir lorsqu'un rire éclata dans son dos, à trois mètres de lui.

– Eh bien ! Si j'étais un og, vous seriez déjà pendu !

Il se retourna. C'était Kallysten ! Elle se jeta à son cou et ils se firent mille baisers sur les joues. Puis ils restèrent longtemps serrés l'un contre l'autre. Il se mit à pleurer sur l'épaule de la jeune fille.

– Je désirais tant vous revoir ! Quel hasard vous a mis sur ma route ?

– Nigaud ! lui dit-elle. Le hasard n'a rien à voir là-dedans ! Je vous ai suivi dès le début. Je connais votre situation. Courage ! Tout n'est pas perdu. Nous allons chevaucher ensemble. J'ai volé ces deux galopants à vos compatriotes. Ils ne sont pas rapides, mais fidèles. L'un s'appelle Hippopotamus, et l'autre Mazagran. Leurs noms sont gravés sur une plaque au pommeau de la selle.

– Où allons-nous ?

– Dans ces gorges, le trait bleu que vous apercevez là-bas. Nous y passerons la nuit. Demain nous serons dans les montagnes des Dragons. Au-delà, je connais une bonne cachette pour vous. Pour un temps, vous serez en sécurité dans le lieu que je vous indiquerai. Après, vous serez libre d'aller et venir dans le Grand Cercle. C'est grisant, vous verrez !

LA FORÊT DE BRUZ

Ils chevauchaient depuis plusieurs heures à travers l'épaisse végétation qui ornait le fond d'une cluse oubliée. Il y avait là un cours d'eau rapide, impétueux, dont la chanson claire les suivit. Les arbres formaient un tissu dense. Tropliers aux ramures effilées et aux cimes recourbées vers le sol, pleuristènes touffus comme une épaisse chevelure de géants bossus, buissons de sentifolles aux odeurs violentes, haies vives de grillemenus acérés où fleurissaient les jaunes lamefeuilles, toute cette verdure luxuriante et sauvage les avait happés, digérés, soustraits aux regards des hommes. Mais la chevauchée devenait pénible.

Ils mirent pied à terre.

– Bientôt commence la forêt de Bruz, expliqua la jeune fille. Elle est presque abandonnée mais j'y suis déjà venue. Des cavernes-refuges ont été aménagées par les bergers francisques du Nord. Peut-être qu'on y trouvera encore du fourrage.

La chaleur était lourde, épaisse. S'immisçant dans la verdure, le soleil tissait un voile de lumière oblique où s'épanouissaient des milliers d'insectes. Longo se mit torse nu, nouant sa belle chemise de dentelle blanche comme un vulgaire chiffon à sa ceinture. Kallysten se dévêtit et se jeta dans l'eau, là où la rivière s'élargissait.

– Vous venez ? cria-t-elle. Elle est bonne !

Il la rejoignit dans une gerbe d'écume. Ils s'aspergeaient à grandes brassées. Ayant subitement cessé de jouer, la jeune fille s'approcha de lui. Le courant de la rivière leur caressait les reins. De ses deux mains timides, Longo s'amusa à lui ôter quelques gouttes d'eau ruisselant sur son visage et sur son buste. Elle lui proposa d'aller s'allonger au soleil sur un carré d'herbe chaude. Ils s'y tinrent immobiles. Bientôt leur peau fut sèche, brûlante. Alors Kallysten alla chercher dans son paquetage de la viande d'outrecorne séchée et ils mangèrent en se cachant à l'ombre des pleuristènes noueux qui étendaient de larges branches presque au ras du sol.

Il tendit la main pour caresser les blonds cheveux soyeux, s'approcha tout près et déposa un baiser sur la joue délicate, admirant le ligne claire des sourcils couleur de paille.

– Si vous veniez dans mon pays, en Angnor, dit Kallysten, vous verriez comme c'est beau, l'hiver ! Il y a de grands feuillus qui rougissent et des arbres à noël géants noirs ou argentés qui gardent leurs aiguilles. L'hiver, ils se couvrent de neige.

– La neige ? Quelquefois il y en a chez nous, mais c'est rare.

Il y eut un bruit dans les buissons, suivi d'une brusque envolée de picoulettes. Les adolescents se regardèrent.

– Kallysten ! On nous suit !

Ils se rhabillèrent en hâte. L'instant d'après, ils chevauchaient sous le couvert du feuillage, dans les profondeurs de la forêt aux reflets d'émeraude.

Quand ils sortirent du sous-bois, ils trouvèrent une vaste lande piquée çà et là de maigres buissons desséchés. Ils filaient à bride abattue vers le Nord.

S'étant retourné, Longo aperçut un nuage de poussière.

– On nous poursuit ! On nous poursuit !

Kallysten ne prit pas le temps de l'écouter. Longo avait du mal à suivre ce train d'enfer. A l'horizon se profilait une nouvelle forêt, plus dense, qui barrait le paysage.

– Bruz ! s'écria Kallysten en se retournant.

Les poursuivants se rapprochaient. Longo pouvait les apercevoir distinctement. Il en compta huit. La poussière voilait encore leurs silhouettes mais, un peu plus tard, il identifia les ogs sur des galopants noirs.

Le soleil avait baissé sur l'horizon et se cachait maintenant derrière les hauteurs boisées. Ils descendaient vers un ruisseau courant au fond d'une vallée étroite et obscure. La nuit tombait.

L'air s'était appesanti. Les premiers grondements d'un orage se firent soudain entendre, proches, comme si la tempête s'était sournoisement avancée sur eux pour éclater de fureur en leur présence.

Longo était inquiet des éclairs qui tout à coup blanchissaient la forêt. Il n'osait plus se retourner pour voir où en étaient les ogs et se concentrait sur Kallysten et son galopant qu'il suivait au plus près. La pluie se mit brusquement à tomber. On l'entendait cribler la partie supérieure des feuillus avant de toucher le sol. Bientôt, le rempart des branches perdit toute efficacité. L'eau tiède ruisselait sur leurs torses nus. Kallysten ralentit l'allure et mit pied à terre. Longo l'imita.

Ils tirèrent les galopants par la longe. La forêt, presque noire maintenant, fournissait de temps à autre des instantanés lumineux très précis. Trempés, fourbus, ils avançaient sur un sentier que les rideaux de pluie masquaient à leurs yeux. Une muraille de pierre se découpa enfin de l'autre côté d'une clairière. Là se trouvait en effet la caverne qui béait par une fente étroite, horizontale, comme une bouche humaine. Il fallait grimper deux bons mètres pour l'atteindre. Les éclairs n'arrêtaient pas, illuminant les fûts et leur indiquant les prises dans la roche.

Quand ils furent à l'abri, Kallysten, ruisselante, s'empressa de battre le briquet. La lumière mit en évidence une pièce vaste, bien aménagée. De la nourriture ainsi que du bois mort y étaient entreposés.

A tâtons, ils entassèrent les bûches dans la cavité qui servait de cheminée où ils allumèrent un feu qui répandit une clarté agréable. Rapprochés, se tenant par la taille, ils regardèrent longtemps la flamme qui teintait d'ocre et d'orangé leur peau diversement brunie par le soleil.

– Avez-vous seulement vu qu'on nous poursuivait ? demanda-t-il enfin.

– Ne vous effrayez pas. Nous les avons égarés.

– Ils vont finir par nous retrouver. J'ai peur !

Le feu craquait. Ils étaient bien. Longo promenait vers l'extérieur ses yeux dilatés par la frayeur.

– Où m'emmenez-vous, Kallysten ? Et pourquoi ?

– Je vous le dirai un jour. Vous m'avez rendu un très très grand service.

Il y avait des craquements dans toute la forêt. Une bouffée de chaleur les inonda subitement.

– Je me demande... murmura la jeune fille. Attention, Longo ! Le feu !

118

Ils se regardèrent, blêmes. Un incendie venait de se déclarer à moins de vingt mètres d'eux, au-dessus de leur caverne, se propageant rapidement malgré l'ondée. Leur repaire était déjà entouré par les flammes et la température monta subitement. Le feu gagnait. Il lécha bientôt la paroi rocheuse au-dessus de leur abri, puis les flammes rampèrent sur le seuil de la caverne et s'y introduisirent, comme une langue incandescente dans une bouche de pierre, attisées par un vent continu.

– Vite ! Faut sortir de là-dedans ! cria Longo.

Une lumière intense les aveuglait. Leurs vêtements fumaient, leur peau rougissait sous la brûlure infernale. Serrés l'un contre l'autre, ils suffoquaient.

– La cheminée ! gémit Kallysten.

Ils rampèrent dans le coin le plus obscur de la pièce. La voûte s'élevait légèrement et donnait sur un conduit qui partait en biais et semblait monter dans la roche. L'air y était plus frais, ils respirèrent goulûment quelques gorgées salvatrices, n'ayant plus aucune force pour se hisser dans cette cheminée qui, du reste, était très étroite. C'était elle qui attisait le feu.

La tête leur tournait. L'engourdissement les gagnait.

– Regardez ! murmura Longo.

Il y avait de l'autre côté de la cheminée un second conduit, plus large, qu'une stèle avait masqué. S'arc-boutant, tirant de toutes leurs forces, ils descellèrent cette plaque de pierre qui s'effrita et s'effondra en plusieurs morceaux.

– Je brûle ! criait Kallysten. Aidez-moi !

Longo la prit sur son épaule et pénétra dans ce

nouveau couloir dans lequel l'air chaud et la fumée s'engouffraient. Malgré tout, ils trouvèrent de quoi respirer. Peu à peu, ils perdirent leurs forces, la caverne se mit à tourner autour d'eux. Tandis que la lumière faiblissait, ils s'affalèrent sur le sol et perdirent connaissance.

Quand Longo revint à lui, tout était nuit. La pluie tombait avec fracas, aussi intense qu'une chute de rivière en montagne. Elle avait éteint les arbres et les buissons dans son chuintement terrible, créant un gigantesque nuage de fumée qui emplissait la caverne.

– Kallysten ?

– Je suis là.

Une lueur verte inondait la caverne. Promenant sa main, il trouva la tête, sentit les cheveux de sa compagne.

Encore à demi étouffés, toussant, hoquetant, crachant, noirs de suie, les adolescents se traînèrent jusqu'à l'entrée. C'était l'émeraude de Kallysten qui les éclairait. Le vent les rendit à la vie. Haletants, ils se dévisagèrent, étonnés d'exister, s'offrant mille sourires.

Il ne restait que la cendre rouge dans la cheminée et l'odeur âcre de bois et de verdure calcinés qui venait du dehors et à laquelle ils finirent par s'habituer. Ils se tenaient toujours serrés l'un contre l'autre.

– Qui a mis le feu ?

– L'orage, dit Kallysten.

– Je ne crois pas. Le feu est venu sournoisement. Ce bois est rempli d'ennemis.

– Ça n'a pas d'importance. Un bon esprit nous protège.

– Vous croyez aux esprits !

– Oui. Pas vous ?

– Je crois qu'il nous en faudra un, très puissant, dit Longo. Nous avons perdu nos galopants, nos vivres, notre couchage !

– Ils reviendront d'eux-mêmes.

En effet, peu après se fit entendre un bruit de sabots sur le sol détrempé.

– Vous voyez !

– Peut-être que nous sommes dans la vallée des Esprits, dit Longo. Il y en a de bons et de mauvais. Un méchant esprit a mis le feu, un bon esprit l'a éteint et nous rend nos galopants.

– Venez ! dit Kallysten.

Ils sautèrent hors de leur repaire, sous la pluie, et rejoignirent leurs montures. Remontés en selle, ils chevauchèrent sous les éclairs et la pluie battante dans un univers de squelettes calcinés. Bientôt, ils découvrirent un autre abri, plus petit, mais qui semblait aménagé. Ils prirent les sacs et y montèrent.

Ayant ouvert les paquetages qui avaient résisté à l'eau, ils purent en extraire deux chandelles qui leur permirent de considérer la caverne sous tous ses angles. Dans des sacs déposés là par les bergers, ils trouvèrent des coquetendres. Longo les fit rôtir tandis que Kallysten était ressortie pour nourrir les galopants d'avoine fraîche et se débarbouiller au ruisseau. Longo grelottait.

L'orage finit par se taire, mais la pluie tomba dru encore une bonne demi-heure.

Une paillasse avait été confectionnée au fond de la petite caverne. Kallysten y déploya une large couverture. On pouvait y dormir à deux bien au chaud. Après avoir grignoté, Longo s'y cala le premier et attendit le cours des événements, non sans une petite pointe d'émotion. Kallysten jeta une brassée au feu puis s'approcha, tenant les chandelles qu'elle déposa de part et d'autre du couchage. Ensuite elle s'enroula dans une laine et s'allongea près de lui. Leurs cheveux sentaient le feu de bois. Il se tourna vers elle, contempla son visage, ses yeux démesurés, rieurs, prêts à le dévorer, et se tint coi.

De nouveau, il se sentait ému par tant de finesse dans les traits de sa compagne, ses cheveux, sa peau en clair-obscur à la lumière faiblarde des deux chandelles sur fond rouge sombre de feu assoupi. Il tendit la main, lui caressa la joue, les lèvres, le menton, le cou. Il tenta timidement de l'embrasser sur les lèvres, mais elle se déroba.

– J'ai du mal à croire que vous êtes à moi, dit-il.

– Je ne suis pas à vous.

– Je voulais dire... que nous allons passer une vie ensemble.

– Qui vous a dit ça ?

Il se redressa, étonné.

– On ne va pas à Angnor pour y vivre tous les deux ? Pourquoi êtes-vous revenue ? Pourquoi m'avez-vous suivi ? Je croyais...

Elle lui tourna le dos. Il se serra contre elle pour la câliner. Des câlins timides au début, qui s'enhardirent progressivement en de longues caresses. Comme si ses mains découvraient seules des chemins qu'on ne leur avait jamais appris.

– Arrêtez ! ordonna-t-elle.

Comme il ne s'arrêtait pas, elle se retourna soudain et lui envoya une gifle monumentale. Éberlué, il se retrouva à genoux près du foyer, loin de Kallysten.

– Je comprends ! s'écria-t-il. La princesse que vous êtes ne peut se lier à un va-nu-pieds comme moi !

– Taisez-vous ! hurla-t-elle.

– Non, je ne me tairai pas ! Vous m'avez utilisé dans la falaise de La Providence, oui, quand vous creusiez ces trous pour déterrer je ne sais quoi, vous croyez que je n'ai pas remarqué ? Maintenant, Princesse, vous avez peur toute seule, alors vous me faites monter en votre compagnie ! Quand vous serez arrivée à bon port : Fini ! Adieu !

– Taisez-vous ! C'est un tissu de mensonges ! Qui vous a dit que j'étais princesse ?

– Vos anges gardiens, les Tuniques de Feu !

– Vous les avez rencontrés ?

– Oui.

– Ils vous ont menti. Ou alors ils me prennent pour une autre. Et je n'aime pas vos manières. Je vous croyais gentil garçon, mais vous ne valez guère mieux que les autres. Je ne suis pas un instrument pour assouvir vos désirs. Bonsoir.

Il attendit un sommeil qui se refusait et, guettant le lever du jour, écouta le reste de la nuit les cris des animaux sauvages et la plainte du vent dans les arbres. Allongé près de l'entrée, il discernait la masse sombre des plantegenêts s'agiter comme une menace.

Kallysten, elle, dormait sans se soucier de rien.

Puis tout à coup les oiseaux chantèrent. Dans le

noir, la fille, aussitôt réveillée, alluma les deux chandelles. Il la vit aller et venir près de lui, rassemblant les affaires, ficelant le paquetage, mettant de l'ordre dans la caverne. Elle sortit avec un seau de toile et rapporta de l'eau.

Elle avait détaché les galopants qui revinrent bientôt du ruisseau. Elle les sella, les harnacha, fixa le bagage. Le jour naissait.

– C'est l'heure de partir, dit-elle.

Ils déjeunèrent en hâte d'un reste de briche, se mirent en selle et abandonnèrent la caverne dans l'obscurité de la forêt.

Dans cette zone épargnée par l'incendie, l'étroit chemin côtoyait le ruisseau qui descendait en petites cascades cristallines parmi les saules, les fierchênes et les tropliers. Cette voie dura une demi-heure, puis ils atteignirent un pont qu'ils délaissèrent. Leur route s'éloignait du cours d'eau, en direction du Nord.

– Demain, dit-elle, nous quitterons pour toujours la terre des Francisques. Voyez, les montagnes des Dragons sont à portée de la main, désormais. Les dragons dorment tous, de nos jours. Ou peut-être qu'ils sont morts. Ce ne sera pas plus facile pour autant. Ces lieux sont peuplés de mauvais esprits. Les ogs ne peuvent y accéder car il n'y a pas de terrain plat, et ces créatures difformes gardent difficilement leur équilibre sur les pentes. Mais nous risquons toujours de tomber sur les armées régulières des différents rois qui se partagent les territoires entre ici et Angnor.

– Oui, mais avec vous, je n'ai plus peur, dit Longo.

LES MONTAGNES DES DRAGONS

Quand ils s'approchèrent des montagnes des Dragons, celles-ci furent bientôt masquées au premier plan par des contreforts rocheux, apparemment de simples collines. Mais plus ils avançaient, plus ces collines se faisaient inhospitalières. Lugubres, sans vie, c'étaient en fait des cônes d'éboulis autour de grands cratères où la lave avait érigé, sous la pression, de longues aiguilles acérées. Il n'y avait plus le moindre vestige de végétation. Les galopants avançaient péniblement dans ce qui n'était, somme toute, que de vulgaires tas de cailloux. Ils avaient bien de la peine à tenir en équilibre à cause de la dureté de la pente et de la mouvance du sol. Le ciel resta sombre jusque vers dix heures, puis les nuages se dégagèrent et le soleil devint rapidement insupportable.

Vers midi, Longo et Kallysten s'arrêtèrent à l'ombre de l'une de ces aiguilles, sans cesse obligés de se déplacer parce que l'ombre portée était mince et que le soleil tournait.

Longo leva les yeux vers les hauteurs. De loin en loin le même relief se répétait, tout en prenant de l'altitude. A l'horizon, la chaîne se dressait, menaçante.

– Vous croyez vraiment que les dragons ont disparu ? demanda-t-il.

L'après-midi fut encore plus inquiétant. Le vent s'était levé et, soufflant sur ces roches acérées, il en

125

tirait des sons plaintifs, symphonie tragique et incessante. Les bêtes s'énervaient, et les adolescents étaient obligés de se boucher les oreilles lorsque la cacophonie se faisait trop violente.

Le soir, ils déroulèrent leur couchage sur un sol en pente et tentèrent de s'y endormir. Au début, la pierre diffusa la chaleur emmagasinée pendant le jour et c'était presque agréable, mais bientôt la température chuta et ils furent pris de frissons qui les obligèrent à se lever. Il leur était impossible de se déplacer sans la clarté lunaire qui leur était dérobée par d'importantes couches nuageuses apparues à la tombée de la nuit.

– Il faut tenir ! cria Kallysten.

Au petit jour, le ciel s'était dégagé. Regardant derrière eux, vers le Sud, ils découvrirent la vallée du fleuve Espérance, au loin, noyée de brume. Longo saisit en tremblant la main de Kallysten.

– La Providence ! murmura-t-il. C'était tout de même un beau pays. Est-ce que j'y retournerai un jour ?

– Pourquoi l'avez-vous quittée ?

– Ils voulaient ma peau.

– C'est la seule raison ?

– Je ne sais pas.

– Où alliez-vous ?

– Depuis l'autre soir, vous le savez. J'étais à votre recherche.

– J'ai l'impression que vous vous êtes mis autre chose en tête. En rapport avec la légende de La Vallée des Esprits.

– Je me fiche pas mal de cette légende ! grogna Longo. Les Tuniques de Feu m'ont chargé de vous retrouver. C'est fait. Ils seront peut-être fâchés d'apprendre que je vous garde pour moi, encore que ce ne soit pas votre projet. Mais puisque d'après vous nous sommes en sécurité, ça n'a pas d'importance.

– Le Sanguinaire ne viendra pas ici, dit Kallysten. Les ogs n'aiment pas les montagnes. Mais les Tuniques de Feu connaissent les lieux. C'est encore le meilleur passage pour descendre du Nord en terre des Francisques si on veut éviter les marécages d'Argoland et leurs pièges mortels du Nord-Ouest, ou le désert des Mauvaises Gens de l'Est.

– Les Mauvaises Gens ? s'étonna Longo.

– Oui. Pourquoi ?

Ils chevauchèrent en silence entre les différentes collines aux sommets armés de piques. Les galopants avançaient sans renâcler, comme pressés d'en finir avec une terre si hostile.

Au soir de cette deuxième journée, tandis qu'ils installaient le couchage sur la pente et grignotaient leurs maigres réserves confisquées avec les galopants par Kallysten, ils furent dérangés par de sinistres cris au loin.

Longo se dressa.

– Vous entendez ?

– Je ne suis pas sourde !

– J'ai déjà entendu ces plaintes.

– Quand ? Où ?

– Un soir, au hameau de la Grande Quenouille. Il inspecta l'horizon. Les bêtes piaffaient d'impatience.

– Les voilà ! Il faut fuir ! s'écria-t-il soudain en désignant un point noir dans le ciel.

– Qu'est-ce que c'est ?

– Les serrevolants ! Le Sanguinaire ne peut envoyer ses ogs, alors il compte sur ses oiseaux de malheur.

Ils éperonnèrent leurs montures et se lancèrent en un galop effréné vers le Nord. Les galopants dérapaient sur ces pentes instables, créant des torrents de pierraille grise qui se déversaient dans de profonds ravins. Les oiseaux apparurent par le Sud, tournant lentement à haute altitude au-dessus de leurs proies. Leur cri se faisait de plus en plus net et affolait les bêtes. Ils descendaient. Leurs ailes déployées leur donnaient une envergure d'environ cinq mètres. On voyait de près leurs serres jaunes à cinq doigts acérés et crochus. Ils resserraient leur cercle. Longo en compta quatre.

Ils attaquèrent en piqué, essayant de frapper les galopants de leur bec d'acier. Les animaux se cabraient en hennissant à fendre l'âme, et bientôt les adolescents furent désarçonnés. Ils couraient sur la pente de l'une de ces milliers de collines perdues dans un paysage de mort.

Longo sortit sa fronde et tira. Chaque impact rendait plus furieux celui qui l'avait reçu, sans pour autant lui causer du tort. Cependant, le garçon ne désarmait pas, et ce fut sur lui que les serrevolants portèrent la plus terrible attaque.

– Protégez-vous les yeux ! cria Kallysten d'une voix étouffée, elle-même engagée dans un corps à corps avec la plus grosse de ces affreuses bêtes.

Il obéit et sentit comme un coup de poignard dans son bras. S'étant redressé, il arrachait des plumes et encore des plumes sans attraper aucune partie vitale de l'oiseau diabolique. Au milieu du combat,

il découvrit que l'autre serrevolant s'envolait avec sa prisonnière.

– Kallysten ! Kallysten !

Un sursaut d'énergie lui fit briser la patte du rapace. Le serrevolant poussa un hurlement, roula de côté, fit plusieurs tours sur lui-même sans parvenir à reprendre son équilibre à cause de la pente et de sa blessure, et il se perdit dans un ravin.

Un autre serrevolant attaquait. Longo prit le coup de bec entre les deux yeux. Sa chair lacérée, pantelante, pissait le sang. Deux autres coups achevèrent de le défigurer. Il sentait le sang couler, chaud, sur ses lèvres, dans son cou, dans son dos. En un éclair, il pensa qu'il n'avait plus de visage, qu'il n'en aurait plus jamais, qu'il ne pourrait plus désormais adresser la parole à quiconque, surtout pas à une fille. Il voulut crier, mais sa bouche s'ouvrit sur un flot rougeâtre, le sang coulait aussi par le nez. Il vomissait, crachait, bavait, et l'oiseau terrible s'acharnait sur lui. Voulant mettre à profit son expérience acquise lors du premier combat, il se roula en boule autour d'une patte, refusa de lâcher prise malgré les coups de bec qui ouvraient dans son corps de nouvelles plaies. L'animal tenta de s'envoler avec l'adolescent attaché à sa patte, mais il ne put retrouver l'équilibre. Ils roulèrent tous les deux sur les pentes. Aux meurtrissures du bec d'acier s'ajoutèrent celles des pierres.

Soudain il tomba dans le vide. L'oiseau s'était détaché de lui et avait disparu. Le ravin était profond et obscur. Le vent s'engouffrait dans les lambeaux des habits de Longo tandis qu'il tombait. Sa chute fut amortie par une épaisse couche de foin. Il se demanda quelle taille pouvait bien avoir cette meule pour lui avoir sauvé la vie.

Il voulut se redresser. Tout geste lui était interdit. Le sang coulait encore, ininterrompu. Un fleuve dont la chanson lui courait dans les oreilles. Son habit était uniformément rouge, ou était-ce son regard ?

Le monde vacillait. Il appelait Kallysten. La seule réponse fut le chant d'un cours d'eau. Tout près de lui, il lui sembla qu'une vieille femme était penchée, ramassant du bois mort.

– Où est Kallysten ? fut sa première question.

La réponse tardant à venir, il ouvrit les yeux sur l'intérieur d'une cabane faite de rondins. Une lampe diffusait une lumière fixe qui faisait ressortir les tons chauds du bois. Tout était de bois. L'armoire qui montait jusqu'au toit, la table très longue et bien astiquée, les bancs de part et d'autre, la cheminée, le parquet ciré, les chaises aux pieds et aux dossiers sculptés.

L'impression de roulis qu'il eut au réveil était imputable au hamac de corde blanche dans lequel il était allongé et d'où il dominait ce cadre de douceur silencieuse.

Dans un fauteuil à bascule, une vieille femme vêtue de toile grise tricotait, son ouvrage sur les genoux. Elle portait une coiffe de dentelle blanche. Un chat roux était lové sur un coussin, à sa droite.

Longo eut envie de se balancer un peu plus fort dans le hamac, comme la vieille dans son fauteuil.

– Dites, où est Kallysten ? osa-t-il, découvrant en même temps une grande peine à parler, comme si ses joues, ses lèvres étaient devenues du bois.

La vieille leva le regard sur lui puis replongea dans ses travaux. Longo poursuivit l'examen du lieu. Dans la cheminée mourait un feu surmonté d'un chaudron de cuivre qui pendait à une crémaillère. La pièce offrait de multiples recoins cachés par des rideaux de cachemire dont l'un semblait être un lit à baldaquin. Les volets étaient tirés. Il faisait nuit.

– Qui êtes-vous ? demanda le garçon.

La vieille sourit. Il se risqua à une dernière tentative.

– Bonjour !

– Bonjour ! répondit-elle.

– C'est vous qui m'avez ramassé au fond du ravin ?

Il se rappelait vaguement une chute, une meule de foin. Le souvenir de sa douleur au visage lui revint. Il porta la main à son front et rencontra quelque chose de dur, comme s'il portait un masque.

– Ma tête !

– N'y touche pas ! dit la femme. Oui, c'est moi qui t'ai ramassé et soigné.

– Pourquoi ?

– Parce que tu étais mal en point, mon petit Longo.

– Vous connaissez mon nom ?

Elle ne le regardait toujours pas, et cela commençait à l'agacer.

– Vous êtes assez forte pour me porter ?

– J'ai déjà porté plus lourd, dans ma longue vie.

– Comment vous appelez-vous ?

Pas de réponse.

– Où est Kallysten ? Pourquoi vous ne voulez pas me le dire ? Le serrevolant l'a tuée ?

La vieille interrompit son ouvrage, le roula dans une peau et le posa dans une corbeille d'osier. Le chat s'étira.

– Elle est morte, n'est-ce pas ?

– Je ne suis pas gardienne de Kallysten, répondit doucement la vieille.

Longo s'assit dans le hamac, les jambes pendantes, et soudain deux larmes coulèrent sur ses joues.

– Pourquoi pleures-tu ?

– Je ne pleure pas, répondit-il en éclatant en sanglots.

– Viens manger.

Il sauta sur le plancher. La veille sortit d'un buffet deux grands bols de faïence et deux cuillers d'argent. Puis elle remua une louche dans le chaudron de cuivre, et, avec précaution, remplit les bols qui se mirent à fumer à la lumière de la lampe.

Ils s'assirent face à face, chacun sur un banc. Le chat sauta sur la table, s'approcha de Longo, le scruta du regard, vint le renifler par petites touches de son museau froid, puis descendit sur le banc, et enfin au sol pour se perdre dans l'ombre.

– C'est Mathusalem. Ce chat est aussi vieux que moi, et je suis aussi vieille que le monde.

Longo sourit.

– Pourquoi me donnez-vous à manger ?

– C'est un juste retour des choses.

Son hôtesse lui plaisait. Une grande tendresse émanait de chacun de ses gestes, de ses mains ridées, de sa voix.

– Quel retour des choses ?

– Quand tu étais petit, tu m'apportais toi-même à manger bien haut dans la falaise.

– Sardone ! s'écria Longo.

– Elle-même.

– C'est où ici ? Quel pays ? Pourquoi êtes-vous venue là ?

– Ici, c'est nulle part, répondit Sardone.

– Mais... on ne peut pas être nulle part.

– Tu es en un lieu que personne ne connaît. Les guerres, les soucis du monde, les brigands n'entrent pas chez Sardone. Les maladies et les blessures n'y demeurent pas, et la mort elle-même n'en connaît pas le chemin.

– On ne meurt pas, ici ?

– Non. Partout autour, oui. Ici, le temps s'arrête. Tu es dans l'axe du monde, le moyeu autour duquel tourne le Grand Cercle.

– Et je peux rester ?

– Non.

– Quand est-ce que je pourrai m'en aller ?

– Quand tu voudras. Dès que tu seras guéri si tu le souhaites, ce qui serait le mieux pour toi.

– Ce sera quand ?

Ils mangèrent le potage. Longo n'avait jamais rien goûté d'aussi bon. Ce breuvage le revigora entièrement. Il resta assis longtemps à la table sans rien dire, sans rien faire. Sardone lui faisait face, immobile elle aussi.

– Maintenant, dit Sardone, laisse-moi. Je vais dormir.

Elle alla s'asseoir sur un grand pouf de cuir, croisa les jambes et ferma les yeux.

– Vous dormez assise ?

Le chat ronronnait. Longo s'en approcha, le caressa, erra de-ci de-là dans la pièce, jouant avec le tricot, les bols, un grand couteau, fouillant dans l'armoire où il trouva des piles d'étoffes de toutes les couleurs et des sachets d'herbes aux senteurs fortes.

Ses mains tombèrent sur un petit miroir ovale. Il sursauta à son image. Sa figure n'était plus qu'un masque d'argile grise. On ne lui voyait que les yeux. Ayant posé le miroir, il souleva le loquet de la porte et sortit sur le seuil, contemplant le ciel étoilé. Il entendit dans le noir toutes sortes de bruits, des animaux et peut-être des esprits malfaisants. Il frissonna et referma vite.

Rentré dans la maison, comme la lumière de la lampe déclinait, il s'empressa de rejoindre son hamac. Au milieu de la nuit, il fut réveillé par des craquements. Il battit le briquet, alluma une chandelle. Sardone dormait toujours. Descendu de son hamac, il s'approcha d'un rideau et brusquement le poussa. Devant lui se trouvait une fillette qui, surprise, lui fit signe de se taire. Il la trouva très belle.

– Qui es-tu ? chuchota-t-il.

Elle sourit.

– Je suis l'image. Il ne faut pas me parler !

– L'image ?

Longo avança la main. Il heurta une surface froide. La fillette disparut. Plusieurs fois dans la nuit, il descendit de son hamac pour tenter de surprendre l'image, sans succès. Il s'endormit sur une profonde déception.

Le lendemain matin, sa première question fut :

– Sardone ! S'il vous plaît ! Savez-vous quelque chose de La Vallée des Esprits ?

– En voilà une question ! Bois ton bol de lait.

– Je me demande si ça ne serait pas ici, dit Longo.

– Comment peux-tu croire à de pareilles balivernes ! fit la vieille.

– J'ai vu quelqu'un cette nuit, derrière le rideau.

– Ah oui, le rideau... Tu as simplement regardé dans mon écran d'avenir. Il y a ici de quoi nourrir la curiosité d'un garçon comme toi. N'oublie pas cette image. Si elle est venue à toi, c'est qu'elle doit jouer un rôle dans ta vie.

– J'ai cru voir Kallysten enfant.

– Alors Kallysten doit être vivante.

– Pourquoi l'aurais-je vue enfant ?

– Est-ce que je sais, moi ? L'écran d'avenir montre, il n'interprète pas ! A ceux qui regardent de faire les commentaires !

– Pourquoi on ne voit plus rien ?

– Le miroir montre ce qu'il veut, quand il veut, à qui il veut.

– Parlez-moi de La Vallée des Esprits.

– Il n'y a rien à en dire, sinon que les hommes aiment les voyages, et qu'ils s'imaginent voyager pour apprendre, alors qu'ils le font pour oublier.

Il n'obtint pas d'autre renseignement sur le sujet. Dans la nuit, tandis que Sardone dormait sur son pouf, il y eut d'autres craquements. Longo descendit de son hamac et souleva le rideau. Un grand garçon à peine plus âgé que lui lui faisait face, en costume de guerrier, ayant posé ses deux mains sur le pommeau d'une épée fichée verticalement dans le sol.

– Qui êtes-vous ?

– Ne me touche pas ! dit le guerrier.

Longo s'en garda au début. Il observa cette image et la trouva si belle qu'il en devint aussitôt jaloux. Il s'agenouilla devant le garçon, et souhaita lui ressembler. Chacun de ses traits, chaque élément de son équipement, provoquait en lui une profonde émotion. C'était un amour violent qu'il ressentait, un amour qui le troublait. Il tendit la main.

– Ne me touche pas ! répéta le garçon-image.

La main de Longo heurta la surface froide. L'image disparut.

– J'ai encore vu quelqu'un dans le miroir ! dit-il à Sardone le lendemain.

Elle le considéra avec une grande attention, au point qu'il en ressentit de la gêne.

– Il n'y a sans doute à l'heure actuelle personne d'aussi curieux que toi à la surface de la terre, dit la vieille. Si les images viennent en foule te rendre visite, c'est que de grandes choses vont se produire pour toi. Un changement s'annonce dans ta vie. Il faut l'accepter.

– Un changement vers le bien ou vers le mal ?

– Le bien et le mal sont deux facettes d'une même existence. Mais seul le bien existe. Le mal, c'est le bien que nous n'aimons pas.

Malgré la pluie automnale qui tombait sur le jardin, devant la forêt, Longo passa toute la journée dans la lumière de ses deux visions.

Deux jours plus tard, quand il se réveilla, il eut un sursaut. Sardone était penchée sur lui et travaillait à lui ôter le masque d'argile. Il se laissa faire, sans bouger, sans risquer un mot.

Quand le travail fut achevé, il courut à l'armoire se regarder dans le miroir ovale. Il avait retrouvé un visage proche de la perfection, d'une grande beauté. C'était lui, sans être tout à fait lui. Mais il gardait en son cœur l'image du garçon entrevu dans l'écran de l'avenir, et ceci faussa son jugement.

– Es-tu satisfait ? demanda Sardone.

– Oui, répondit-il, avec l'impression de mentir.

– La guérison est parfaite, dit la vieille, quoiqu'elle ne soit jamais conforme à l'idée que nous nous faisons de la perfection. Notre jugement est toujours au-dessous des normes.

– Merci, Sardone !

– Ne me remercie pas, curieux ! Je ne l'ai pas fait pour toi.

– Pour qui, alors ?

– Certes pas pour une personne précise, mais pour tous ceux qui te regarderont. Il ne faut pas qu'ils aient une piètre idée de celui qui découvrira un jour le secret de la Fondation du Grand Cercle !

– Je le découvrirai ? s'écria Longo.

– Tu es si curieux qu'il ne saurait t'échapper.

– Ce sera quand ?

– Au bout de ta longue marche.

– Ça durera combien de temps ?

Il resta la journée avec la vieille, espérant une réponse claire. Sur le soir, comme elle s'endormait après la soupe, il sortit sur la pointe des pieds après avoir donné une dernière caresse à Mathusalem, traversa la pelouse pour s'enfoncer courageusement dans la forêt obscure.

138

La nuit tombait.

Il n'avait pas fait cinquante mètres qu'il arriva à la margelle d'un puits, au bord duquel il se pencha. L'eau était toute proche, et curieusement elle était très claire, comme si elle reflétait un coin de ciel bleu. Bientôt, elle se troubla. Apparut le visage de la petite fille, identique à la vision de l'écran d'avenir.

– Tu viens ? demanda-t-elle.

– Qui es-tu ? Comment fais-tu pour rester dans l'eau ?

– Tu viens ?

– Es-tu Kallysten ?

Elle se mit à rire. C'était le rire de Kallysten.

– Tu es une jeune sœur de Kallysten ! s'écria Longo.

Elle rit encore et ajouta :

– Viens me chercher, Benjamin ! Je suis Altarifa, la déesse de la fête ! Allons ! Pourquoi ne viens-tu pas ?

Longo redressa la tête. Aucun son ne put sortir de sa gorge. Il aurait voulu crier : « Je ne suis pas Benjamin ! » Ou n'importe quoi d'autre. Au lieu de cela, il se pencha un peu plus sur l'eau du puits.

– Tu viens ? insistait la vision.

Une dernière fois il se redressa, regarda alentour, puis décida que l'eau de ce puits magique valait sans doute mieux que toute la vie qu'il avait vécue jusque-là. Il ferma les yeux, s'inclina à nouveau et bascula dans le vide.

Le vent s'engouffra dans ses cheveux. Il ne toucha pas la surface de l'eau. Il n'y avait pas d'eau dans ce puits. Sa chute lui parut interminable.

Puis ce fut une gifle de lumière.

LE BOIS DE L'UN ET L'AUTRE

Il était allongé sur le sable, au bord d'un large fleuve. Près de lui, Kallysten s'activait devant un feu. Il devait être dans les quatre heures de l'après-midi. Longo se redressa. De part et d'autre du fleuve, de courtes falaises de pierre sèche, parfois éclatées en éboulis, dressaient leurs crêtes acérées. Le terrain, très sec malgré la proximité du cours d'eau noir et rapide, ne laissait pousser que des herbes jaunes.

– Kallysten ! gémit Longo.

La jeune fille se précipita vers lui.

– Longo ! Vous revenez à vous ! Enfin !

Elle lui donna à boire à l'aide d'une gourde de peau.

– Où sommes-nous ? demanda-t-il faiblement.

– Entre les montagnes des Dragons et le territoire des Kelconkes. Dans l'un des déserts de la Mort. Mais ne craignez rien ! Il nous suffit de quelques heures pour nous échapper à tout jamais de ce lieu sinistre. Comment vous sentez-vous ?

– Assez bien. Un peu fatigué. Comment avez-vous échappé au serrevolant ? Comment m'avez-vous retrouvé ?

– Si je vous le disais, vous ne me croiriez pas.

– Dites-le-moi !

– Non. Je vous ai porté par-dessus les montagnes, mais nous ne saurez pas comment.

– C'est grâce à votre émeraude ?

Kallysten regarda le bijou et sourit.

– Ne me posez plus de questions à ce sujet, je vous prie.

– Où est Sardone ?

– Chez elle, sans doute.

– Kallysten ! N'avez-vous pas un lien de parenté avec Altarifa, la déesse de la fête ? Ou avec Sardone ? Ou peut-être que Sardone est un autre nom pour la déesse de la fête ?

– Les déesses n'existent que dans les légendes. Goûtez ce poisson.

Il mangea.

– Connaissez-vous Sardone ? demanda-t-il après s'être rassasié.

– Oui.

– Qui est-elle ?

– Elle vous l'a dit. Rien d'autre qu'elle-même. Elle est là, elle existe pour elle-même et ceux qui passent dans son champ.

Il ferma les yeux, comme pour rappeler un lointain souvenir.

– Je suis entré dans sa maison. C'est un grand mystère. Je vous y ai vue, ou quelqu'un qui vous ressemble. J'ai revu cette image dans le puits.

– Voulez-vous encore du poisson ?

– Kallysten, êtes-vous véritablement princesse en Angnor ?

– Longo... murmura Kallysten. Ne cherchez pas à savoir qui je suis. Ce qui compte, c'est que désormais, tout ce que j'entreprendrai, ce sera à vos côtés.

Longo ouvrit de grands yeux. Une joie immense se lut dans son regard et parcourut ses lèvres.

– Tout ? Même la vie ?

Elle le regarda, fronça les sourcils.

– Vous êtes gourmand, Longo.

– Vous avez dit : Tout !

Elle baissa la tête, rougit un petit peu, puis s'éclaira d'un sourire avec deux fossettes que Longo ne devait jamais oublier.

– Même la vie, répondit-elle.

Elle approcha sa bouche pour lui faire mille baisers-papillons mais lui, d'un geste, l'amena sur ses lèvres.

Ainsi Longo connut-il le premier vrai baiser de sa vie à la sortie des montagnes des Dragons.

Ils partirent dès que Longo eut repris des forces. Au petit jour, ils galopaient encore. La verdure renaissait.

– Regardez ! s'écria Kallysten.

C'était la fin des montagnes infernales et du désert de la Mort. Ils descendaient dans une sorte de plaine qui courait à l'infini, un vaste bassin sédimentaire où l'on voyait se dérouler les travaux des champs. Ce monde était paisible, et apparemment d'une très grande richesse.

– Le territoire des Kelconkes, dit Kallysten.

Il devait être dans les dix heures. Emplis d'une joie nouvelle, ils se lancèrent à la conquête de cette plaine riante qui leur tendait les bras. Une route serpentait entre des collines où réapparaissait une herbe grasse. Les bergers et leurs panurges regardèrent passer les étranges cavaliers.

Au sommet de certaines collines, il y avait de grosses pierres hémisphériques de trois à quatre mètres de diamètre qui ressemblaient à des crânes percés de deux yeux.

– Ce sont les défenses souterraines des Kelconkes, expliqua la jeune fille. Elles regardent vers le Sud, car les ennemis viennent souvent par les montagnes des Dragons.

– Ils nous ont laissés passer ?

– On me connaît, dit Kallysten.

Ils poursuivirent leur lente descente vers la vallée.

– C'est un pays paisible et cependant bien défendu. Il dépendait jadis des rois du Nord, mais ils ont acquis leur autonomie en promettant une surveillance assidue à la frontière que nous venons de traverser.

Bientôt les montagnes des Dragons ne furent plus qu'un lointain souvenir, une petite ligne grise dans leur dos. Longo s'émerveillait à chaque détour du chemin, découvrant des paysages nouveaux aux essences inconnues.

– Regardez ! Un village commence là, au creux du vallon. Pas des troglodytes comme les Providents. Ils ont bâti leurs maisons avec des toits rouges !

– A la manière des Mauvaises Gens.

– Vous avez connu les Mauvaises Gens ?

Elle se mit à rire.

– Ceux de l'antique civilisation ? Non ! Personne n'est assez vieux pour l'avoir vue, mais les légendes sont précises.

– Engelbert ne nous en a jamais parlé.

– Ils nous ont laissé des écrits sur leurs nombreuses guerres. Ce sont les enfants d'Altariga. Ils ont inventé la guerre. Ils avaient des armes terrifiantes, et possédaient de grands pouvoirs. Savez-vous qu'ils pouvaient se parler sans se déranger, même s'ils étaient à mille kilomètres de distance ?

On dit aussi qu'ils volaient dans les airs comme les oiseaux.

– Ce n'est pas possible !

– Si. Ils passaient pour de très grands magiciens.

– Comment ont-ils disparu ?

– Notre espèce les a remplacés, petit à petit.

Ils abordaient une campagne très douce, faite de bocages, de prairies, de bosquets, d'oiseaux, d'insectes bourdonnants. Le ciel était d'une pureté absolue. S'engageant sur le chemin qui descendait au village, les deux cavaliers découvrirent des petites maisons entourées de haies, séparées par des jardins avec une pelouse bien régulière sur le devant et un potager à l'arrière. Leur présence attira une nuée d'enfants curieux aux vêtements bouffants multicolores où dominaient surtout le jaune et le rouge, nullement intimidés, mais plutôt ébahis par la piètre allure des arrivants. Ils chevauchèrent ainsi le reste de la journée, n'échangeant pas trois paroles, évitant à regret les villages accueillants, toujours crispés sur la route et sur la ligne d'horizon. Vers le soir, ils parvinrent en vue d'un bourg plus important.

– Méfions-nous, dit Kallysten. Même s'il ne pousse pas ses armées jusqu'ici, l'ennemi peut avoir des espions partout. Voici enfin le lieu où je comptais vous cacher. Il faut être vigilants.

Ils ne s'arrêtèrent et ne s'approchèrent des maisons qu'à la nuit tombante. Ayant avisé une grange, Kallysten lâcha les galopants dans le pré voisin et, poussant le lourd vantail, y pénétra, suivie de Longo. Ils étendirent leur couchage dans la paille et s'y allongèrent.

– On peut s'installer sans permission ? s'étonna Longo.

– Ici, ce sont des choses permises. Le peuple des Kelconkes est très doux et son esprit n'est jamais porté au mal. Je suis sûre que vous l'aimerez.

– Nous allons vivre ici ?

– Je connais une meilleure cachette. Pour ce soir, ce sera suffisant.

Les trois jours qui suivirent, Longo se laissa guider par la jeune fille à travers le pays. Ils remontèrent vers le Nord pendant une centaine de kilomètres. Le beau temps s'était installé sur la région. Kallysten achetait des vivres dans les villages et ils dormaient dans les granges.

Ils arrivèrent à la lisière d'une grande forêt. Ayant mis pied à terre et détaché les galopants, Kallysten entraîna le garçon dans un étroit chemin.

– C'est ici le bois de l'Un et l'Autre, à l'entrée de la forêt d'Ormoran. Elle est immense et peuplée de toutes sortes de créatures bienveillantes, du moins dans la partie qui nous intéresse. Au-delà commence le territoire des Austères, un grand peuple triste mais savamment organisé. Nous n'irons pas jusque-là. Regardez !

Au milieu d'une clairière, le soleil répandait ses rayons obliques sur une maisonnette construite en rondins de bois.

– Qui habite là ? demanda Longo.

– Vous et moi, dit Kallysten. Voici notre refuge. Vous voyez ces fleurs ?

Un tapis de roses rouges entourait la demeure.

– Elles ont gardé la maison pendant mon absence, dit Kallysten. Il faut les arroser souvent et ne jamais les cueillir. Tant qu'elles sont là, rien de fâcheux ne peut nous arriver. On entre ?

Ils s'avancèrent. Quelques pierres plates parmi les fleurs leur permirent d'atteindre le perron. Ils entrèrent dans la fraîcheur domestique. La maison ne comportait qu'une seule pièce, entièrement meublée de bois. Longo promena des regards étonnés sur les casseroles de cuivre, les marmites, les rideaux, la pierre d'évier. Cela lui rappelait la maison de Sardone. Comparé à la caverne de Junon, c'était un luxe inespéré. Il s'assit sur un pouf de velours rouge. Les forces lui manquaient, et aussi les qualificatifs. Il s'était attendu à un repaire de fauves dans la montagne.

– C'est bien une demeure de princesse, dit-il doucement.

Par la fenêtre, il perçut l'éclat d'une rivière. L'instant suivant, ayant jeté leurs habits poussiéreux, ils se baignaient dans l'eau du Bienveillant.

– Le Bienveillant prend sa source non loin de là, dit Kallysten. Il traverse le pays des Austères et coule en Angnor. Ses eaux baignent le palais royal.

Ruisselants, ils se serrèrent l'un contre l'autre.

– Ce soir, ajouta-t-elle, nous allons faire quelque chose d'important.

– Quoi donc ?

– L'amour pour la première fois. Mais avant, il faut accomplir certains rites.

Assis sur la berge, Longo leva un regard interrogateur. Kallysten sourit.

– Nous allons nous marier selon le rite d'Angnor. Le connaissez-vous ?

– Comment pourrais-je ?

146

– Vous devez partir dans la forêt et revenir dans une heure avec un cadeau pour celle qui sera votre épouse, ainsi qu'un caillou blanc. Pendant ce temps-là, je préparerai la cérémonie.

Longo se rhabilla et partit dans la forêt. Une fièvre intense le dévorait. Il se demandait quel cadeau il allait pouvoir trouver dans ce lieu inhabité.

La première chose qu'il vit fut le caillou, posé sur la mousse comme s'il l'attendait. On aurait dit un champignon. Il le ramassa et poursuivit son chemin. Un peu plus tard, ayant entendu du bruit dans la forêt, il approcha et découvrit un bûcheron de petite taille occupé à abattre un immense fierchêne. Il le regardait faire, se demandant comment il allait contrôler seul la chute de l'arbre, quand le nain l'aperçut.

– Ah ! Vous voilà ! dit l'homme.

– Bonjour ! Vous m'attendiez ?

– C'est pour vous que je coupe ce fierchêne.

– Qui vous a prévenu de mon arrivée ?

– Il y a du mariage dans l'air. Ça se sent, quand on est bûcheron ici.

– Mais je n'ai pas besoin d'un arbre.

– C'est pour le cadeau. Je sculpte dedans ce que vous me commandez. Cet arbre était centenaire, ce qui confère à l'objet une grande valeur.

L'arbre tomba aussitôt dans un grand craquement.

– Je ne sais pas ce qui lui ferait plaisir, avoua Longo.

– C'est le seul effort qui vous revient, pourtant. En fait, ce que vous offrez, c'est une idée. Je me charge de l'objet. Cherchez !

– J'en ai une, mais elle est stupide.

– Dites toujours.

– Une canne avec mille petits visages, un pommeau sculpté d'une croix à huit branches et surmonté de trois doigts en guise de sceptre.

– C'est une bonne idée.

Le bûcheron tailla une pièce dans le fût du fierchêne, et au bout d'un quart d'heure, il tendit l'objet à Longo qui l'admira sous tous ses angles.

– Pourquoi faites-vous cela ? demanda le garçon.

Mais le bûcheron avait disparu, le fierchêne aussi, et il n'en restait aucune trace, sinon la canne dans les mains de Longo, mystérieusement enveloppée de feuilles.

Il rentra. Kallysten avait préparé dans la clairière le lieu de la cérémonie. C'était un carré marqué aux coins par quatre chandelles allumées ; à l'intérieur de ce carré une corde se lovait en cercle, sur l'un des côtés, deux bouquets d'iris figuraient l'espace d'une porte.

Elle l'attendait, accroupie au centre du cercle, ayant dénoué ses cheveux et revêtu un grand pagne blanc qui tombait au sol. Quatre autres chandelles éteintes l'entouraient et son sac en peau de chèvrebique était posé à côté.

Il se présenta devant le carré, essayant de comprendre le sens de la cérémonie. C'était bizarre, en tout cas éloigné des coutumes des Providents.

– N'entrez pas avant de m'avoir écoutée ! dit-elle vivement. Tout doit être scrupuleusement respecté.

Il attendit debout, la canne dans une main, le caillou blanc dans l'autre.

– Ce carré symbolise la maison, la demeure, ajouta-t-elle. Pour y entrer, il faut le désirer très fort,

148

en demander la permission, laisser sur le seuil toute pensée possessive et passer la porte, entre les bouquets. Après quoi, il faut attendre devant le cercle, sans y pénétrer, que les questions et les réponses aient été échangées.

Longo se présenta devant la porte. Il sollicita l'autorisation d'entrer dans le carré et Kallysten, après avoir réfléchi, la lui donna. Il s'accroupit devant le cercle. La jeune fille du Nord se leva, sortit du cercle, prit une chandelle du carré et la lui tendit. Il était embarrassé par le paquet et le caillou. Elle le débarrassa du caillou et rentra dans le cercle pour s'y accroupir à nouveau. Elle le regarda droit dans les yeux.

– Longo, fils de Junon la Pédauque, me désirez-vous pour épouse ?

– Oui, Kallysten.

– Qu'est-ce que cela signifie pour vous ?

– Marcher à vos côtés.

Elle sourit et dit, après un silence :

– J'accepte la réponse. Maintenant, posez vos questions.

Longo soupira.

– Je n'en ai qu'une seule : Qu'attendez-vous de moi ? demanda-t-il.

– Que le paysan que vous êtes se conduise comme un prince et qu'il aime comme un roi.

Il regarda la canne, Kallysten, le caillou blanc, les chandelles.

– Ma réponse vous convient-elle ? demanda la jeune fille.

– Vous croyez que j'en serai capable ?

– Je le crois, dit-elle. Maintenant, si votre but est

de vous unir à moi, entrez dans le cercle et allumez les quatre chandelles.

Ce que fit Longo. Elle se poussa. Il s'accroupit à côté d'elle. Du sac, elle tira son propre caillou blanc et une boule de terre qu'elle pétrit. Dans cette pâte, elle logea les deux cailloux, pétrit à nouveau et confectionna une boule plus grosse enchâssant les deux pierres rondes. Ensuite, elle planta dans cette glaise les cinq doigts de sa main droite pour faire cinq marques et pria Longo d'en faire autant. Elle posa la boule devant elle.

De son sac, elle sortit un écrin, l'ouvrit, prit deux anneaux d'or. Elle en déposa un dans le creux de la main de son compagnon, puis enfila le sien à l'auriculaire de sa dextre dont l'annulaire était déjà occupé par la bague d'émeraude.

– Cherchez le doigt qui vous convient, dit-elle.

Après l'avoir admiré, Longo essaya l'anneau ; il resta fixé au majeur gauche. Kallysten fouilla à nouveau dans son sac.

– Maintenant, voici votre cadeau.

Elle lui tendit un gobelet d'argent.

– Qui boit dans ce gobelet prend des forces neuves, expliqua-t-elle.

Il le tourna dans tous les sens, appréciant les ciselures.

– Votre cadeau ! dit-il soudain en tendant la canne.

Elle s'en saisit, défit l'emballage de feuilles de fierchêne, contempla l'objet.

– Le sceptre d'Olnar ! s'écria-t-elle. Comment le saviez-vous ?

– Je ne le savais pas. Je ne sais rien. Je ne comprends rien.

– Les paroles ont un grand pouvoir, les pensées encore plus. Un jour, je vous dirai l'histoire de ce sceptre. Je ne pensais pas que vous puissiez me faire un tel cadeau, c'est-à-dire avoir pour moi de si belles pensées. La magie marche à vos côtés, c'est certain. En ce qui me concerne, vous récompensez là plusieurs années d'efforts et une marche de deux mille kilomètres car, entre autres choses, j'étais à la recherche de ce sceptre. Il nous reste maintenant l'épreuve du feu. Allez l'allumer. Placée au milieu, la boule de la promesse doit résister au brasier. Notre union sera alors scellée et attestée par nos empreintes. Sans quoi, nous prendrons des chemins différents.

Longo fit ce feu. Il voulut le faire très doux, au début, pour épargner cette boule. Mais après mûre réflexion, il fit monter très haut les flammes. Un vrai feu d'enfer. On ne pouvait approcher. Il fallut une longue perche pour y déposer la boule.

Ils attendirent, assis, serrés l'un contre l'autre, un verdict qui ne fut rendu qu'à la nuit tombante. De forts craquements dans le brasier les avaient inquiétés plus d'une fois. Quand le bois fut consumé, quand il ne resta plus qu'une cendre grise, ils se levèrent, s'approchèrent, éparpillèrent les tisons.

La boule était noircie, mais intacte.

Joyeux, ils la firent rouler jusqu'à eux.

– Il y avait un secret, dit Kallysten, mais vous l'avez percé. A feu doux, la promesse n'aurait pas résisté. Avec cette flambée de tous les diables, la coque a été prise tout de suite et le reste a tenu. Que notre amour soit toujours aussi brûlant!

– Longue vie, Kallysten! Et béni soit le jour où je vous ai rencontrée.

Il la serra dans ses bras.

– Longue vie, Longo le marcheur! Que votre marche ne cesse jamais et pacifie le monde!

La nuit tombait. Ils soignèrent les galopants, se nourrirent de baies sauvages, puis s'enfermèrent dans la maison de bois, à la lueur d'une chandelle.

Le lit était confortable. Toute fatigue s'était estompée. Blottis l'un contre l'autre, chacun restituant à l'autre la chaleur de l'émotion, ils furent attentifs aux étonnements et aux douceurs qui se présentaient. En ce terrain de découverte, Kallysten était un excellent guide. Il se laissa couvrir de baisers-papillons. Puis quand il la sentit plus proche que jamais, il l'enferma soudain dans la cage de ses bras. Sa prisonnière le regarda, l'air grave. Après, ils rirent tous les deux d'un rire qui n'en finissait pas.

ÉPILOGUE

– Nous sommes bien, ici, à la lisière du bois de l'Un et l'Autre, dit Longo.

– Nous sommes bien, dit Kallysten. Il n'y a rien à regretter. Dans mon pays, quelquefois, les pêcheurs partent à la recherche d'un poisson et en rapportent un autre.

– Quel est le meilleur des deux ?

– C'est toujours celui qu'on mange.

L'été s'achevait et les arbres commençaient à se teinter de roux. Ils étaient assis dans la prairie et regardaient s'ébattre leurs deux galopants.

– Sans eux, nous ne serions pas là, dit le garçon. Tu serais dans une partie du monde à la recherche de ton poisson, et moi à La Providence, dans les prisons du Sanguinaire. Souvent, je me dis que je suis un lâche de les avoir abandonnés.

– Un prisonnier de plus ou de moins... A quoi bon ? Tu es aussi bien ici, et sans aucun doute plus utile.

– Utile à quoi, en dehors du bonheur qu'on se donne ?

– Ce bonheur lui-même est utile. Le bonheur est l'un des visages de la nature, à condition qu'on en ait conscience. Sois patient. Bientôt, tu délivreras ton pays du Sanguinaire.

– Moi tout seul ?

– Ceux qui apportent la délivrance sont toujours seuls. Ils ont cette grande idée en tête, ils la portent avec eux et rallient les foules. C'est ce que tu feras.

– Quand ?

– Il ne m'appartient pas de le dire. Pour l'instant, il te revient des tâches beaucoup plus modestes et qui ont une grande importance.

– Qui t'a dit cela ?

– L'écran de l'avenir, chez la sorcière Sardone.

Longo réfléchit un moment.

– Maintenant que nous avons décidé de tout partager, il serait temps que tu m'avoues certaines vérités.

– Tu as raison. C'est ton droit. La première de toutes, c'est que je t'aime.

Il rit.

– Aucune ne sera plus grande que celle-là. Mais je voudrais savoir une chose. Que faisais-tu sur le haut plateau quand les ogs du Sanguinaire sont venus t'enlever ?

– J'étais descendue sur la terre des Francisques, à la recherche du trésor.

– Un trésor ? A La Providence ?

– A La Providence ou ailleurs. Le Sanguinaire possède un immense trésor à force d'amasser ses rançons et ses pillages. Il ne le porte jamais avec lui. Il le cache en lieu sûr. Je suis descendue à la recherche de ce trésor.

– Toi ? Toute seule ? A la recherche d'un trésor ?

– Pour moi et mes partisans, dit Kallysten.

– Quels partisans ?

– Mes fidèles d'Angnor. Je suis la fille aînée d'Ingmar IV, roi de Freezland, le plus important des territoires d'Angnor.

– Bon. J'avais raison de croire que tu étais une princesse.

– Mon père a voulu me marier à l'héritier du roi de Farland, le second en importance des quatre Angnor. Il espérait ainsi rapprocher les deux royaumes. Mais je n'aimais pas Olav, cet héritier. Nul ne résiste à la volonté de mon père. J'ai dû prendre la fuite. Mon jeune frère Sven a été proclamé dauphin à ma place. Et mon père a envoyé à travers le Grand Cercle ses troupes d'élite, les Tuniques de Feu, avec mission de me ramener.

– Et le Sanguinaire ? Pourquoi voulait-il t'enlever ?

– La haine entre le Nord et le Sud est ancestrale. Ypner aurait pu tirer de moi une rançon appréciable. Et puis, sans doute étais-je arrivée à proximité de la cachette de son trésor...

– C'est pour retrouver ce trésor que tu as creusé devant la caverne de Sardone ?

– Comme tu m'as appris que Sardone elle-même avait occupé ce lieu, j'ai pensé toucher au but. Le lieu en question doit être magique, et nul ne peut y accéder sans certaines connaissances.

– Depuis quand connais-tu Sardone ? dit Longo.

– Je suis tombée dans sa vallée cachée en descendant vers le Sud, lors d'un premier voyage. Elle m'a enseigné certains secrets. J'ai le pouvoir de l'appeler en cas de grand danger pour moi ou l'un des miens.

– Comme lors de l'attaque des serrevolants ?

– Oui.

– J'ai eu beaucoup de chance d'être là au moment

de ton enlèvement et de te rencontrer. Je crois que je t'ai aimée dès la première minute. Et toi ?

— J'ai très tôt ressenti cet amour. Dès l'instant où tu m'as hébergée dans la caverne haute, j'ai su que le trésor du Sanguinaire et ma couronne volée allaient perdre de l'importance à mes yeux et, à vrai dire, aujourd'hui je ne m'en soucie plus. Tout ce que je souhaite, c'est que le temps ralentisse et s'arrête sur cet instant.

— Nous allons vivre là, toujours ? Et tes partisans ? Ils te recherchent aussi !

— Connais-tu un meilleur endroit ? Ici règne la paix. Pas de Sanguinaire. Les Tuniques de Feu ont abandonné la poursuite, nous croyant chez Sardone. Mes partisans me retrouveront, pas mes ennemis. Pourquoi s'inquiéter ? Nous sommes deux fleurs dans un champ. Elles ne se posent aucune question sur leur avenir. Elles vivent le temps présent. C'est ici la vallée des Esprits.

— Vraiment ?

Kallysten sourit.

— Je suis la déesse. Tu es Benjamin le héros. Quoi de plus simple ?

— Alors c'est moi qui ai péché le plus gros poisson ! J'emmène avec moi Altarifa, la déesse de la fête ! Va-t-elle à nouveau répandre la fête à la surface de la terre ?

— Je l'espère bien ! s'écria Kallysten.

— Aurons-nous sept enfants, comme Artifex en eut d'Altariga, déesse de la jalousie ?

— Je ne sais pas, Longo. La seule chose dont je sois à peu près sûre, c'est que nous en aurons au moins un.

– Quand ?

Elle prit la main de Longo et la posa sur son ventre. Longo perçut dans le corps de Kallysten comme un léger mouvement, une caresse qu'on aurait faite de l'intérieur. Le fils de Junon se redressa :

– Hé ! C'est quoi ?

– Nul ne le sait encore. Un berger ? Une reine ? Un vagabond ? Celui qui tuera le Sanguinaire ? Celui à qui est promis le sceptre d'Olnar ? L'héritier de tous les royaumes d'Angnor rassemblés ? Un chasseur à la fronde ? La magicienne qui remplacera Sardone ?

– Faut pas essayer de deviner, dit Longo.

– Avant d'être ceci ou cela, qu'il soit d'abord ce qu'ils sont tous : un enfant de l'amour.

DANS LES MAÎTRES DE L'AVENTURE

AVENTURE

Achevé d'imprimer en mars 1988
par Maury-Imprimeur S.A.
45330 Malesherbes

N° d'imprimeur : L87/22498V
Dépôt légal : mars 1988